风
手
指

韦庆龙　著

陕西新华出版

太白文艺出版社·西安

图书在版编目（CIP）数据

风手指 / 韦庆龙著. -- 西安 ： 太白文艺出版社，
2024. 6. -- ISBN 978-7-5513-2631-5

Ⅰ. I227

中国国家版本馆CIP数据核字第202483Y43C号

风手指

FENG SHOUZHI

作　　者	韦庆龙
责任编辑	汤　阳
策　　划	北京泥流文化传媒
封面设计	雨　霏
版式设计	建明文化
出版发行	太白文艺出版社
经　　销	新华书店
印　　刷	三河市华东印刷有限公司
开　　本	880mm×1230mm 1/32
字　　数	140 千字
印　　张	8.25
版　　次	2024 年 6 月第 1 版
印　　次	2024 年 6 月第 1 次印刷
书　　号	ISBN 978-7-5513-2631-5
定　　价	55.00 元

韦庆龙，1985年生于山东莒南，现居青岛。2022年开始写诗。2023年加入山东省作家协会。

做一个热爱传达不可见之物的人

飞　白

　　韦庆龙的这本诗集《风手指》，在我看来是一种生命的必然，就如同诗人在自序中写的，"直到五月份的一天，我在网上偶然读到一首诗……那一刻，我决定写诗"，老天想把写诗的这支笔，交到作者手里，恰巧也被他接住了。诗歌往往就是这样，需要时间、场景、契机，或者一个意想不到的触发点，像是开启一场生命的仪式，带着等待的你迈进去，感受并且参与其中的精彩纷呈和别样惊喜。作者将此称之为"再生之感"，仿佛生命重启了一回，因为在当下诗歌确实可以给予我们全新且多重的生命维度。不论是作者还是读者，进入诗的场域构建起交流交融的磁场，便是在和一种诗性时空相互叠加，也终将获得更加开阔、深邃、致密的生命体验。

　　我不是太了解诗人所处的生活与工作环境，但是可以通过诗歌，看出他日常接触的事物、有过的经历、沉淀的

1

触感。总体说来，他的诗歌浸渍着很浓郁的生活气息，或者说独特的个体生活元素，不论他对时间的深情回望、对梦想空间微观的描摹，还是对自然风物的细致印证、对自身存在的哲学思考，都在指向同一件事，那就是在不停地突破现有生存的维度，去尝试更深远晦暗的意义。

第一辑"与己书"，大多写的是内心独白，与自身的对话。看起来这种絮叨比较琐屑，甚至显得荒诞不经，但这就是诗人生命独特之处最可贵的呈现。"相信世间所有的安排都藏有美好"，一个人到中年的诗人，能够这么温润轻柔地写出这样的句子，我相信他的内心确实是足够肥沃并丰沛的。"那是全部的世界，独属于我／无期的岁月，和蔓延众生的隐痛／是啊，相信也是一件痛苦的事"，第二段的转折出人意料，又在情理之中，这种包容、和解与自我疗愈，对于每一个身处复杂多变的矛盾叠加时期的人而言，都是难能可贵的。在他的眼里，即便是痛，也褪去了痛楚本身的狰狞，尽管他很清楚"相信"本来就是很残酷的现实，但还是能够给自己的内心留出一方"童话叙事"的净土。从诗歌写作技艺角度讲，韦庆龙在对微观世界的打磨中，不断遇见美好，见证奇迹，把自己沉潜进一个不为常人熟知的世界，但更重要的是，我发现诗人有一种人生宏观心智驾驭下较为丰厚的精神内驱力，使得他的诗歌刨除了戾气、怨气和颓靡之气。这一点在《雪中松》里也有很好的呈现："孤独得像个诗人，不断加深的／荒芜里，只剩下刺痛。"借松树自比，每个人都是一座世间的孤岛，诗人便是其中最有代表性的那一个，把对自身命运的深切感知，嵌入比征对象中。"我又该如何在这个落雪的暮晚／像一棵松树，缝补自己"，对于人世间的不如意、求不得或者更深的疏离感，作者丝毫没有放弃自己，那个内心始终渴望完美自洽的灵魂安放。

第二辑"荒原行"，我看作是诗人和自然环境之间的关系呈现。《沙漠给予我的》《沙漠一夜》《沙漠行》《沙漠甲虫》，看得出来沙漠这个特殊地貌给了诗人较为丰富的诗歌养分。可以判断出，在日常生活中，作者有很多生命体验是跟沙漠联结在一起的，或者说有不少机会接近沙漠。"一度苦苦挣扎，深陷忽然而至的流沙……我比过往更钟情于每一秒／每一秒中，流经眼眸的浑浊与清澈"，诗人很主动并且自觉地从日常经验中提取出生命智慧，在彷徨纠结于时光流逝带走内心的宁静之外，他在以反观、反思、反察和"反求诸己"的心态，与沙漠——无情的虚妄与吞噬，达成新的和解与和谐。美国诗人罗伯特·弗罗斯特对诗歌创作曾有过一个很经典的判断："诗始于愉悦，终于智慧。"诗歌发端于内心的对这个世界的感触，以及获得内心的价值满足，但这仅仅是少部分的、浅表的，诗要进入更深层的维度和生命构建因素，就需要动用智慧的积极参与和稳固加持。时下很多诗歌都在表达自我和世界的这层关系，但大多还是停留在感知层面，知其然，未必知其所以然，这就会让很多诗歌创作落入一个泛抒情化、反智化的尴尬境地。写自己的小我、小情绪、小感知，变得非常碎片化，苍白也无力。但韦庆龙的笔下还是能看到不少充满智识的诗句："这样浓烈的夜晚／我应回到万物生的专注中。""这黄沙万里，庙宇一座／——这透明的世界，你我袒露着／一个个分身。""我将一首小诗来回打磨，适合呢喃／适合归来，适合这星辰中隐没的慈悲／在万物深沉的宿命里／轻轻落下。"诗人在这些时刻，始终保持着和世俗世界的距离，而这个距离便是我们获得诗性秘密的不二法门。

三、四两辑分别是"风手指"和"人间志"，写的多是有关故乡回望和季节物候的内容，生活场景和人间趣味更加浓郁，但反过来看，要想写得出彩，就更不容易。《风手指》："再睡会儿吧，孩子／让秧苗分蘖，挤满梦的间隙／风手指正拭去你额头细碎的汗珠。"以舒缓清新的语言，营造出安宁静谧的时空，犹如童话一般的造景，恰到好处地抚慰人们内心的焦虑和创痛，那种恬淡冲和的审美意境给了读者莫大的内心治愈。驿站、雪人、地铁、枣树、折纸、老屋、刺猬、蒲公英、青苔，丰富的物象和隐喻在诗人笔下交替出现，给他的诗歌空间里矗立起无数的"回音壁"，他们包含了人的隐秘精神镜像的投影，也寄托了诗人看待世界、感受世界、重构世界的勇气和力量。威廉·卡洛斯·威廉斯倡导诗歌应直接关注具体的事物，而非抽象概念，他主张不要观念，只在事物中，处理事物！韦庆龙正是在用诗歌不断处理着这些存在于他生活时空中的万千事物，向所有读者展示他理解的这个世界，或者说呈现出这样一个独特且又充满诗性的精神王国。

记得里尔克曾经在《给青年诗人的信》中，这样写道："诗人应以孤独和耐心去观察世界，通过内在的深化和对外界的敏锐感知来磨炼自己的艺术，诗人是那些能看见并传达不可见之物的人。"这里既阐明了写诗的方法路径，也强调了如何锻造诗艺，把诗人这个特殊身份给予了具象化。我想，这对于任何一个诗歌写作爱好者或是成熟的诗人而言，都没有过时，值得我们时刻对照、认真参阅、细细品咂。韦庆龙的这本诗集，是他初涉诗歌创作这条小径的"投名状"，也期待着能够不断看到他更优秀的作品，记录这个世界，描摹这个时代，书写滚烫的心灵。

再生之感

去年三月份出版了一本散文随笔集子后，像完成了一种使命。直到五月份的一天，我在网上偶然读到一首诗：

"我的脸消失在黑夜／天亮我又扯起笑容的旗帜／有时我是生活的一条狗／更多时，生活是我的一条狗／坚强不是一个好词儿／两岸的哈哈镜里／它只能扁着身子走过。"

这种烟熏火燎，泥沙俱下，字里行间，似岩缝里拼命生出的一棵树，其绽放出来的旺盛生命力，瞬间击穿我心。

一个人该有多么深的划痕，又有何其充盈的希冀，才渴望在好多个黄昏里，停一停，等那云层里最后的锦书，在黄昏里预设美好的幻想呢。

那一刻，我决定写诗。

逼近四十岁了，学着写诗，实属有点"老"，倒也还好。作为一名中石化建设者，常年工作在外，漂泊久了，与自我失联也太久。多少年来，我早已把风吹草低当作一种生活方式，顺从中隐含韧劲。我在荒漠里见过清晨倒立的甲虫，也见过落日的盛大。我几乎能描摹掩在夜色中的万物，颤巍巍的虫鸣隐在草木深处，异客的脚步和月色一样沉重……

西川说："凡是能够使我获得再生之感的东西，都是诗意。"我想，把那些个只能对风说的话，对夜诉的情，写下来，就是诗吧。

人生呀，着实没有太多可设定的情节，更没有那么多跌宕起伏的命运，用来共情。大海遥远，终有可以触摸到的岸，灰雁在南飞的路上，可以预见的山头，等在时间的对折处。这世上，有很多事，令我们始料不及。平凡，有温度地活着，已经是很高的追求了。

至于其他，顺其自然吧！人行天地间，倏忽而已。好好读书，好好写作，好好爱所热爱之事，好好爱自己。生命的路上，选择守一朵花开，让眼睛滚烫，也是一种努力。

最后，简单介绍下这本诗集。诗集选录了自 2022 年 5 月开始写诗以来至 2023 年年底创作的诗作 189 首。没有特别的主题，按照表达的内容，分为与己书、荒原行、风手指、人间志四辑，算是我的中年之书吧。还要说下插画，对，是我姐姐画的。看她的画，让我觉得，画比文字更接近人间。

2023 年 11 月　青岛

目录

·第三辑 —— 风手指 ——

· 第 一 辑

与 己 书

夏季的风
拂过平原
掠过麦田
跨过山巅
吹到指尖
辛宗画

童话

相信世间所有的安排都藏有美好
落日挨着山川，晚风
撞见炊烟。我疼惜这样的日子
院墙的裂缝，指向神秘的
童话，一个破瓦罐里长满浓稠的虫鸣

那是全部的世界，独属于我
无期的岁月，和蔓延终生的隐痛
是啊，相信也是一件痛苦的事

像这个冬天，一个人坐在灰白色的天空下
像一把钥匙，在等一把锁

时间超市

在众多欲望之后，来到
时间超市。它在生命的拐角处
每个人都要在那里转场
放下和拿起。得到
或者失去。这是无可退货的交易
好比我，已感时日无多
迷雾重重的暗夜中
大片的雪，落下
作为虚空投下的唯一赠品
我满头的白发，也是过期的
这是造物主的嘲弄
生与死的订单。我拆开
一个又一个包裹
越陷越深的回忆，堆在
命运打烊的门口

蝴蝶与诗人

当然不是因为好玩，脑子
也没病
可就是欣然于，它那样冒失地
落向我指尖
一只深秋飞出的蝴蝶，灵动，柔软
浪漫，像一首小诗
我迫不及待
又生怕它如惧怕猛兽和污秽
一样，疏离我
它是经历了多少雨天，晴日
经过多久的伤痛与痊愈，又是凭借
多大的勇气，依然愿意相信
向我飞来
一座浩浩荡荡的世界，就这样
朝一个完全陌生的人飞来了
它甚至来不及知道
在我这里，它拥有多么美丽的名字
我却能清晰地感受到
一对色彩斑斓的鳞翅下

所预示着的生命奇迹

此刻，它正用纤细的脚试探着

用源源不断的信念，感动

强有力地敲击着

这是何其神秘的存在

从僵硬的皮囊，心脏

盈满泪水的眼睛

飞出全部的梦想，我看着它

飞近又飞远

如我自己，不着一尘

雪中松

孤独得像个诗人，不断加深的
荒芜里，只剩下刺痛
破碎的声音，从脚底蔓延
阔叶树的叶子悄然落尽
偶然几只灰黑色的鸟，像不留神
滴在纸上的墨点。秋天的底色
所剩无几。在远离人群的边缘
又是一天下沉的时候，落羽
粘在水洼的眉角。野草枯萎
指向小城尽头
恍惚所有温良的事物，须臾间
停止了呼吸
我清晰地知道冬天已降临
一切都无法遏止。就像窘迫
匆忙的一生，除了眼睁睁
看着它碎成一地琉璃
我又该如何在这个落雪的暮晚
像一棵松树，缝补自己

如雪

不必设防。谁说从高处落下的
一定是痛苦。我想象过有这么一瞬
像翻阅人间的雪
每一个独一无二的名字
就这样有了重量。就这样
干净地，融入你颤动的唇上

选择

当我选择隐身草莽，所谓
宏大的东西，那些林木
也不过是献呈虚空的祭物

这半生，我耗尽无数个落雨的
朝暮。在生活的褶皱里匍匐
像一只虫蝼，赶在大雪审判前

抵达来处。低矮阴潮的王国
必然裹藏着芒刺，谁的生活
不是漏洞百出。如你所见

一阵微风所招致的激荡——
在大悲大喜之间，认领自己
好过不能幡然，借用已久的皮囊

雪后的郊外

还是不能阻止草木落败
绕开人群，熙熙攘攘
雪后的郊外，阳光倏忽褪掉颜色
这大片的空白，虚构美好
虚构我，像天上的一团薄云
菩萨的手，轻抚庸碌
而荒芜的人世
我知道，自己在做什么
正如，你远远望去
旷野里，黄昏倾斜的镜面上
一个人，藏起语言
安静得，像一座突兀的遗址

存在

天空澄净得让人无地自容
束缚在相机里的影子
都指向浅薄。也不必追赶词语
句子的修辞，比轻风无常

像一枚松针立在地上，就很好
得道的静者，披一身暮色
已足够。直到看不到
也听不见。仿佛余生

只此一日。仿佛
那个迷失在虚妄中的人
从未踏足

橡皮擦

二手自行车上落满灰尘
嵌在光阴的缝隙里，越陷越深
我并不打算作何处理

游走在宽阔马路的边缘
疾驰而过的车流，一点一点
把影子打散。一条无处遁形的流浪狗

那些拉不住风的手，谁又能看见
月光像橡皮擦
缓缓盖上，一个人的肉身

音符

在白天与黑夜的门槛上，我回来了
罩一件风尘仆仆的长衫
旅程是临时起意的，如
在书页空白处信手涂鸦的五线谱

有时想，假若时光倒流
我会修饰得更周正一些
……在经过许多疼痛
无以言表。好在
还是回来了，赶在暮晚

我对这个世界喜忧参半
从陌生到陌生，从幻想到沉潜
终究是爱大于煎熬

是的，我恩受上苍眷顾
像一支笛子，从一排规制的洞眼里
蹦出带有细微裂痕的音符

秋日野菊

野菊浩荡，铺满了旷野
灿烂如天空流动的云朵
坠进去，就像填充一枚落英
一团鹅绒——
被明亮的事物怀抱着，对人世
也添了几分信任

想起来时路上，与秋风的拉扯
这个傍晚，我心无旁骛
安心接受软软的清香渗进肌肤，血脉
那一点点穿体而过的寂寥，多于
秋日的疏朗无边

分身

树叶摇晃时，我不再
纠结于风的样子。正如

一朵昙花从黑暗走来
月光，是人间救赎的钥匙

我倚靠冰冷的影子
在茫茫天地，苦练分身

像一块石头，等待
皈依

老去

夕阳伏在山头，一点点
往下滑
焰火殆尽，再无粗暴，狂野，激荡
这多像一个人，扶着拐杖
缓缓老去，他不再如昨
追逐彩色的泡泡
孩子一样，蹦蹦跳跳地
急着逃离，逃离
托住他的地方，如今
一天比一天更接近他的土地
他应该变得从容，平和
不那么起伏，排山倒海
在过往无数个年轻的碎片上
一遍一遍涂抹，丢弃
再幻想。那双走来走去的脚
收容喜与悲的人间
沉甸甸如余晖，收拢

就这样认真地抵达暮年吧

犹如一场谢幕

你抱紧自己，轻声啜泣

像抱住一个婴儿

猫
朝愁千倦谁相伴
李画眉

远道而来

我驯化体内的豹子，像豢养一只猫
房子开始安静下来，可以
听见光阴，一寸一寸
从窗棂覆到墙脚，空着的椅子
仿佛有人远道而来，又刚刚离去
为了靠近这一天，我绕过
坦途，翻过群山
那些爱我的，和我热爱的
甚至曾经所弃
为了这一刻的降临，更多一点的
体面，我学会俯身
以同样单薄凋零的姿态
亲吻一株草，超出人间的谦卑
我不再关心风起云涌，未归仓的秋果
和身后之事
我偶尔怀想莽苍葳蕤的日子
万物簇拥着，土地厚重……
我违背了那么多规则
从一个冬天摸索到另一个冬天
只为，在一场大雪中伸出双臂

心境

不知从哪一刻起，对来日方长
狠狠地排斥。暮色深陷，将日子
向暗处又推进一些

长久以来，习惯了雨水的灌溉
与冲刷。一趟无法触底的下坠，我抱紧双臂
像羽毛，有重于人世的卑微

孑然一身，又如何呢
在即将不惑的日子，借雁阵的风
做好南渡的准备

这沉沉夜色，和飘来飘去的人
身前有多大的羁绊
身后，就有多大的自由

泥塑

光阴难于捕捉，那么
试着拆解，归于四季，节令
比分秒更微小的存在
倏忽即过的秋景，和人
就像适才的风
从你我之间的罅隙侧身
仿佛闪躲的眼波，撞进身体
沉陷，生根，发芽
蝴蝶一样，一只接一只
从清晨的窗口
跃动，到落叶缤纷
布满划痕的中年
我打量着镜子里的男人
发际线得道般高耸
它指引我，回到分行的
开端。这半生
已足够幸运。对于它

见证了，我最脆弱的模样
对于我，像一具脱胎的泥塑
藏起所有的粗糙
不与人说

我不是渔民

出海，撒网，收网，补网

有时银鳞满仓，有时

被风浪拍入更深处

像一群丢失方向的小鱼

我不是渔民

把生平交给浪头和明月

电视屏幕的这头，我陷于

暗夜的中央，窗外

千万盏灯亮着，无数个往日

闪现，恍如那片神秘而死寂的星河

倾泻在不惑的当口

我不是那群渔民，背对

黑脸的妈祖。惴惴不安的风帆

止于岁月呜咽

我如此地活，飘飘荡荡

在模糊的人间修罗场，被命运

吞入，又吐出

晚年旧书

如果晚年能够如约而至
那真是一种圆满。我所热爱的万物
人，和弯曲的真理
对言语间夹杂的慈悲，报以欣然
我知道自己，怎样去活
怎么活都觉不够
就如现在，秋天兀自加深
院墙的爬山虎里，偶尔滴落
几枚金黄的鸟鸣
还有轻风，你感受到它的柔软了吧
翻过旧书的最后一页
我读它千百遍了，千百遍重构
故事的情节，仿佛
我真的修成了一个诗人
有无数浪漫的死法，又相继
活了过来。我坐在他们中间
在四季之外的季节
慢慢地，薄暮覆上草脊
——我寄存在人间的肉身，像
从未存在过

若梦

熄灭灯盏，陷入枕头
确切地说，陷入一个梦里
在数不清的破碎
和重组中，下坠
斑斓的星球飞走了，云朵，山川
草木都在后退，光线
被抽离殆尽。没有抵达
速度也变得无从感受
我甚至因此看清了时间
剥离了旧日与未来
赤条条地，对峙于虚空
还剩下什么，可供洞穿
思想吗？像原子的切片
太阳冷却的残骸
像爆炸的幻境。万物醒来
从梦中的梦中醒来，然后
点亮，头顶那盏灯

翻飞的纸片

暮色西沉一点点化为灰烬，与倏忽点燃的华灯
逆向而行。夜晚，本应是万物归藏的时候

鸟雀收起喧闹，花朵放下表情。一个人
蜷缩一角，一层一层，包裹隐痛

游荡在他乡宽大而凛冽的马路
身影被穿梭的车流撞击，如一张翻飞的纸片

这样的撕裂，每天都在重复。很多年了
总盼望在前方，尽头，会缓缓迎来一些东西

比如，一轮明月。"它孤独的音节像一个句子悬在
感觉的边缘"。或者是深秋的晚云，乡音一样疏朗

站在深入大海的这块礁石上，冷色的浪头
再一次把梦抽离。死亡显得如此清晰

我矮下腰身，身后的世界溃散而去

这一刻，恍若那张晃动着的纸片

那个在黑暗中闪躲的魂灵，透过
蓝绒绒的安宁的夜幕，飘向浩瀚沉寂的星空

模仿

模仿孩子最本能的反应，从瞳眸里流出的
泪水，没有思想，更不是艺术。模仿盲人
躲避莫须有的人，莫须有的道路，和落日
如果还不够，就"努力在生活中模仿时间"
比如，死亡。如死士决绝持利刃嵌入浮世
在地狱下写着没有名字的白色的骨质的诗
或者，像我，正一点一点摘除无数个你们
认为的我，一个连我自己也看不清的存在

八月的尾巴

在黄昏抵达，雨中的黄昏
村庄那么安静，泊在大片的庄稼地里
一动不动。低垂的电线
平行在路边，空荡荡地伸向前处迷蒙
蜷缩其间的燕，如同岁月微漾

这个八月的尾巴，我赶来了
像一只腹部僵化的暮蝉，对着生活忏悔

我拥有的已远多于我奢求的——
收紧的羽翅缀着彩光，风栖息枝头
而淋湿的中年，正穿过人间枯荣
一点点，落回空寂

起风了

此刻的心情，誓约，梦想
和墙头的草。无数摇摆之物

很多时候，日子
无知无觉，丢失在一个个谎言里
有时，慢慢靠近自己，嘴角两端
弯曲的肌肉，微笑
是对它们毫无意义的命名

起风了，面对人间
面对形形色色的颜色，形式和镜像——
"只需直接为了眼眸存在，而不是为了思想"
这该有多么困难

像秋风

忽然觉得自己那么渺小
被风吹得越来越高。旷野里的万物
也越来越小，慢慢地
我们都不存在了，像风

我曾经看到过，它呼哧着
从云朵的侧隙跑来
翻过许多座山，山前浓密的栗树林
挨着林子趴着的甲壳虫一样小的家乡

我就这样循着它，它去哪里
我就跟到哪里。我不敢想太多
像这秋风，分不清南墙
分不清一天和一生

很多时候，它也会直愣愣地摔下来
那些裹藏在体内细小的针
使土地疼得颤抖。那一刻
我的眼泪，夺眶而出

倒带

把身上压着的石头搬开
睁开眼，拥住还在啜泣的人
向他们倾诉
昨夜梦见死亡，继而
听到亲人的呼喊

在人间边缘。清晨的第一缕阳光
穿过气息，照进身体
在此岸，或是彼岸
那些拉扯的，颤抖的手指
我站起来，向他们奔去

向扎马尾的女儿
复又年轻起来的父亲，母亲在絮叨不停
向青春，懵懂的我
记得，那是盛夏的傍晚
仰躺在村东头的河滩，夕阳斑驳

从少年的脸上滚落
我在一个人的小路上往回走
浅蓝色的风灌满裤脚
周围越来越暗，我抖动着

目睹天空由繁盛

到凋落

雪花扑打，从渐渐熄灭的炉火

从四面八方围了过来

像挤满了悲伤的石头

如此幽深的凝视。像一粒果核

被浑浊的水浸泡，像

羞于，生而为人

如夜

总要给自己

留一些无所事事的时间

可以是雨时，细细蒙蒙的雨线

最容易模糊掉光阴

或者，像一只猫

卷起一小撮余晖来闲卧

我陪着它，它在寂静的夜深处

跑进跑出。如同

那些荒芜已久的心思

从空着的皮囊里

生出根来

假若不是打更的人

从东边走来

就这样窝在一首诗，一本旧书里

假装自己是自己的主人

人设也要如夜一般清澈

这短暂的一生啊，到底潜着

多少遗憾

我刚刚准备好埋葬无用的修辞

就落上了一身鸟鸣

下雨了，就不必打伞

下雨了，就不必打伞
就淋着，恭恭敬敬
听它讲述
从水天间，一路穿过
翻起泥泞的巷子那头

这时，世界
正以一种安宁的姿态
诠释存在，模糊着
没有边与界，没有
是与非

它牢牢地抱着我，像
抱住一粒果核
一段充满犹豫的旅程
为此
而发出新芽

月色表达

向星星借一点光
就能点燃月亮。再扔进去一些词语
夜晚就有了思想

缀满钻石的诗行里
暗物质快速倒伏
屋顶，草木，虫鸣……
顺势拥有了新的光泽

我忍不住赞美，赞美
造物主在人世的迷茫中
蓄满明亮与流水

此时，就在此时
我和万物一道，端坐在光芒下
……穿过天地，被时间洗濯过的光芒
那些给予尘世的馈赠
和指引——

"夜空，

总有最大密度的蓝色"
那些看见的，看不见的
那些自身，无须质疑

木头人

喊到我的名字，是绝对不能动的
我被打磨得光滑，辨不清
刀斧之痕。我看不到黑色的闪电
喘息都具有规则。在木头王国
旁逸斜出的枝条，不被允许
心也是木质的——
我吸收了足够多的阳光。无所持握。
我释放年轮里圈禁的热量。焚身诵经。

雪夜和树

雪就那样轻轻落下
连同一串小心翼翼的脚印
在这接近纯粹的世界里
藏着好多深沉的事物：落叶像新鲜的标本
冻结在河面。鸟雀从枝干上弹起
振翅的声音过于清晰

我扔出一块石头，玻璃般透明地穿过岁月
于坠落的尽头，夜晚携着冬季来临
我喜欢这样安静地站在雪中
无须美酒，时光自然浓稠

尽管树冠在傍晚落尽了它的叶片
这个季节的风，惯于在某处打转
我借着指向高处的枝丫
把五颜六色的菊花种在云朵上
看它们一点一点开满洁白的天空
人间也随之变换了模样

这是雪夜的馈赠

世界平整得没有一点裂痕

我和一棵树叠合

缓慢抵达我的从容，像肃立的修士

体验着自我的信仰

在生命的海里摆渡

捡起一枚贝壳。它周身的年轮
和掌心的纹路吻合
辨不清起点与终点。在彼此触碰时
光阴的呜咽声，响起

草木，河流，山川和云朵
从眼底一波一波漾开，沿着眼角
曲折的皱纹，流向生命的海

海浪中，我摇摇晃晃
抖落着稚嫩，懵懂与生猛
它们闪着银色的光芒，在与海水
反复地斗争和脉脉交融中
犹如归途上的盏盏渔火

人生海海。我似乎听懂了
那呜咽声的要义——
只要灵魂不丢
就不会在生命的海里失重

傍晚

走一走，陪六月的鸟鸣，自己
凌霄花把晚霞涂满墙头。再往远处一些
穿过隐约的汽笛音，离天边最近的地方
思绪在星辰铺就的云梯上漫溯

我喜欢漫不经心的安宁
月色淘洗着世界，时光浸透凉意
落入低处。浅滩上
螃蟹刚刚蜕下玛瑙色的躯壳
足尖轻盈，迈向更深的空旷

这朴素的一日：在薄薄的晨光中醒来
头顶有白云，耳畔有清风
路边青草缓缓流动
对尘世的爱惜与敬畏，无限延伸

佛前

跨过信仰的门，长久地俯身于你的膝下
指尖残留隐约的温度
曾穿过许多山，许多幽长的回廊
那前世一起读过的经
在每一个结着蛛网的角落
反复回荡
还能否获得救赎
不带逻辑，不含争辩，不持嗔念
座下莲花不语
二分微眍的眼睛，含着悲悯
我是佛座下的一粒尘埃
从五彩加身的人间路过

馈赠

过往如夏日流萤，穿过辽阔
那彻夜的光芒，吞噬掉星空
在岁月的侧隙，我忘记了
嘴角上扬的弧度
我依然会因微弱的啜泣而停留
只为在沉沉的夜里，重组破碎的旧梦
当蜻蜓回到荷尖，红嘴的鸟雀
像老友奔来——
生命值得如此珍重
恰如冬日的暖阳，渐已西沉
斜斜地投在墙上的阳光
也越来越长

罹难者

飓风卷起月亮船，卷起
一个问号。从启航
到整个夜晚的结尾
我时常想
这是否是一场预谋好的戏码
比如，我们被推搡至高台，台下
人潮涌动。你没有
任意发挥的权利，或者如这义无反顾
跃入浪头的灯塔
塔在深处，比尽头远
比月亮沉。我曾经很长久地
有过期待，在每一次闪烁的渔火
划过断裂的桅杆，划过
反复裂开的伤口
快四十岁了，风浪骤起
命运破损，魔怔得像被骨头中
残存的倔强驱使一般
撞向孤悬的岛屿，撞向盛大的黑暗
这决绝的罹难者

麦芒

需要一场大雪，修复寒冬的缝隙
需要一场春雨，为季节设定色彩

在旷野裸露的胸膛奔走
麦子用炙热的阳光，将自己淬炼

如果明天狂风来临
把我压倒

我会顺势护住脚下的土地
那直直的麦芒，不会折断

——它在风浪中呼啸
像铮铮的骨头

野草

从不忍心踩踏一株野草
虽然它们曾在无数的脚下
反复生还

那些脚步匆匆的人
一样命如草芥
在命运的捶击下，脊背渐弯

只是，他们从未注意
一株野草，艰难地弓起身子
在他们一次次压过，又远去的身后

一如在路边喘息的我
正用兀自悲悯的，卑微的力量
缓冲着一个世界枯萎的过程

信封里的春天

白云铺陈。向阳的坡上
我在读信。信封有麦草味
贴故居邮票。嫩绿色的信纸上
文字在跳动，像一群
破茧不久的小灰蝶
拂过河面，拂过草木上
攒动的苞芽，和母亲的围巾
一样轻柔。我是多么深爱着
这黄昏的人间啊
——世界仿如初生
万物尊贵，而朴素深情
我在读一封来自春天的信
信件明媚，可抵世间

在人间

白云擦拭旧日的雨水，山河如故
城市之外的云层，尘土之中的星辰
藏有钟摆的奥义

我在迷雾重重的人海，张贴
一份份寻人启事
在习惯中渐渐与涌动的信息疏离

你曾告诉我，生活是从瓷器开始
然后是穷尽一生的破碎和修补

"我的灵魂与我之间如此遥远
而我的存在却如此真实"
此刻，世界寂静，与我不再分离

此刻，我在一首诗中久久发呆
见证着日历慢慢泛黄，倾覆为尘

云朵的味道

我不是一只装饰蟹
把腥臭的海草和残碎的珊瑚
粘覆周身
我倔强的骨头，不允许

假如，我必须要是一样东西
我愿意是一颗沙粒
藏着大地的性格

如果这还不足以满足你
那么我就化作黄昏尽头
一抹晚霞

在白昼与黑夜对折之际
留你疯狂攫取

我们都将死亡
我的灵魂会变成一滴雨
在昨夜黎明。此刻，我将它

洒在你溃烂已久的皮囊上
那是你终生未曾体会过的
云朵的味道

彩虹谣

一头扎向人间，一头通往天堂
在灰暗中待久了，就去借一抹色彩
桥上慢慢走下来的，是幼年的我

这个黄昏，迎着落日返乡
地平线的尽头，蓄满整夜的雨水

芨芨草

比起，援墙而上的凌霄花
我更喜欢一株长在荒漠的芨芨草
不屑于交头接耳的片面辰光
所有的能量都为拥抱沙暴的来临

当然，砾石之下的哀伤与恐惧
也会越扎越深
这指尖久凝的露，零落成繁星
独自被天空照见

谁能与我同享风沙的真诚
一同遁入深沉的夜空
月亮升起，云朵都染上了温柔的颜色
此间的悲喜并不相通

我愿我死去的时候
不要过于匆忙和浅薄。某个无人的夜里
那些曾经的回忆，和时光逐一对峙
犹如一株长在荒漠的芨芨草

夜色下的花园

温柔的风，拂过
以一种旁若无人的从容
从日落黄昏
到所有的颜色都模糊起来

夜色翳蔽下的寂静
将这片花园带入虚无
蜜蜂不再忙碌
蟋蟀的颤音如月光纯粹

此刻，我是一个具体的人
和坚韧的牛筋草
闭着眼睛的太阳花
叶子端部安宁的露水一样

在这些简单，永久，充满神迹的事物里
我看不到脸上的倦怠
以及时间的划痕
只有无须开口言说的理解

与己书

晨曦自人世低处，一点点
拼凑。许多年前
我的脸上落满阳光。身后
天地无边，起伏延绵

白天的梦境。鲜亮，短暂
介于下垂的暮晚之间
回忆漫过生命，轻省而沉重
我不知道，自己走了多远

我从未停止前行
我想赶在夜色前，抵达来处
作为一个在人间贩卖月亮的人
我只想在光明和黑暗中保持中立

一只白鹭

从喧闹的人群抽身，看到一只白鹭
收拢翅膀。它静静地立在浅水
纤细优雅。草木，远山，天空浩大
那抹洁白的身影，落在水面
白莲一般。溪流因此而获得救赎的力量
傍晚短暂，我想坐在石头上更久一些
借这尘世一角，交出谎言，虚妄
与卑微达成和解。我试着回到沉默
恰如我看见的那只白鹭：抖落满身浑浊
与疲惫，在理想主义的王国
像一首孤独而从容的小诗
——我握着人间这唯一的稻草
窥见自己的倒影，在时间的镜像里

笨拙的生活

静静的雨夜是一种姿态

斜倚窗前，细蒙蒙的情绪串成线

挂在黑暗中，发酵了整夜

此时的滴答声，浩荡如海

海中巨大的暗礁被拆解为诸多盐粒

那敲锣打鼓抬来的夏天，假寐的雷

都恍如昨日

这世上没有任何东西我想占有

所有淋在身上的雨，带血的玫瑰

和卑微，仿佛都是罪过

像晨起的雾，像长了霉的蝉

像我在他乡游荡多年

依然改变不了一个人的

笨拙

崖壁陡峭处

一团流云，一株草，罅隙有小虫
鸣音悠扬。它们挽留我
和孤绝对峙。在崖壁奇崛处
在命运陡峭处

"我是背着雨水上山的人"
无数次笃信，你会越过重重人间
随我而来……
我目睹晨曦升起，升过前额
我为坠进山谷深处的蒲公英，而激动
而不知所措

这些全然感受不到重量的宿命
请允许我轻抚你身上的疤痕，拭去
那些悲伤的尘迹。今夜
我停止远行
我只想与你相枕入眠，眠中有梦
梦中是无憾的流年

与大海对坐

一次次冲上岸，又一次次退回
掌中的血，打起漩涡
在泥沙俱下的潮汐
沿途摔碎的梦想，溅起朵朵浪花

海是黑色的，有谜一样的深度
如一只海鸥，俯仰海天之间——
翅膀每扇一下
对辽阔的诠释就多一分

我始终笃信海是包容万事万物的神祇
是一切秩序的掌控者
一滴水，足以丰盈干枯的生命
那沸腾着的暗礁中，睡着无数沉船

水草、海鱼、摇晃的风帆
以及寂寞无言的渔火
它们放下所有的戒备，在我与大海对坐之时
用跌宕的律动，翻译命运

瓦解

大海遥远，总有可以触摸到的岸
灰雁在赶来的路上
可以预见的山头，等在时间对折处

一些漫长的事物在瓦解
昙花盛放，正把黑夜的褶皱填平

在如此辽阔的世界
那么多可设想之事，蝴蝶扇动翅膀
一场风暴自海面卷起

傍晚时分
我从一封泛黄的信中抽身
孤独随风，囿于树下

旅人

还有许多事情没做，时间
也尚早。是因为这场雨吧
大片的绿意涌出来，土地深处
撕裂与重构，从未停歇

我有些恍惚，街道过于宽阔
而寂寥川流不息

前方的杉树上，灰斑鸠啄着羽状的叶子
阳光似有划痕。仿佛
它也惊异于一夜春风

遥想起那个做了很久的梦，曾经时光慢
小河边，看纸船静静驶向深处
为了不被搁浅，我扶着暮霭走了多年

正如这个傍晚，在陌生城市的边缘
命运收紧两岸
我沿着杂草丛生的小路
慢慢走。一个人

祭

向落日忏悔。蛛网覆满窗棂
切割岁月
供养过苦难与温暖的房子
像一面四处漏气的破鼓

春雨纷纷，人间尚冷
字迹模糊的石碑，默默等待清明

待我把回忆摁进泥土，彩霞生枝头
待我斟酒三杯：
泣明月。慰心田。洒足下。

镜像

雨燕落下，死于飞翔
生于颂扬和无止境的虚空
人们又说彩虹悬在风雨尽头
蜜蜂奔向打碗花间，交托信仰

那尊被众生崇拜的佛座
预设好了台阶。行列中——
我抑制眼中的泪，它过于接近清晨
我扼住颤抖的灵魂，落叶告诫我宽恕

修辞

河水澄澈，石头也是明亮的
然后是鼓荡的麦浪。午后
麻雀的鸣声，在枝丫上层叠
细碎，慵懒

我只顾欢喜
像一粒懵懂的种子
在时光里流动。失明多年的眼睛
重新变回一对蝴蝶
闪耀花间

在如此泛滥的蔚蓝
辽阔的怀抱里
疼痛也是一件充满温情的事。此刻
活着，这首不断被修改的诗
——每一处断句
都隐藏着，生命
无尽的想象

大雪

适宜大处留白
远山，道路，村庄，兀自寂静
适宜生火炉，扯闲话
倚靠母亲旁边，享受倦意
适宜在梦中下一场大雪
擦拭眉眼，擦拭肉身，擦拭
疲乏，僵硬的心

我在四野喧闹中独行，阳光做衣裳
我的肩头落满鸟鸣
凌乱的羽毛上，翻滚山河

大雪。无雪
我穿过无数命运更迭的暗影
却无法走出自身寒冷

一个人浩浩荡荡

雨落，万物岑寂
田野，湖边，山林。在暮色深处
时光后面，整个天空铺满眼眶

怀揣草木的人，用雨水清洗肉身
于低暗处沉吟。此刻，窗外
云层翻卷。写给故人的信，隐藏了位置

多少年来，我习惯了在自己的身体里狩猎
独自重置构思已久的情节。一个人
浩浩荡荡，跃进比孤独更深的夜晚

石碑志

肉身石化，词语石化，时空石化
把灵魂具象，从中年的心底掏出
也是石头的模样

一次次从山顶滚落，石头沉重
群山陡峭。那些死亡的阴影
紧裹住脖颈。我认出它们
每一块都是被放逐的自身，众生

一个人哭，一个人笑
一个人走，一个人死

如果哪一个清晨醒来，阳光
从命运的裂缝挤进来
如刀凿錾刻。我便以墓碑之姿

请出柔软之心，请出无知，恐惧，热爱
和自己一一对峙

囚徒

把肉身流放在草木间
大风吹过，像吹过一生

人间轮转。每个人，都是若干人
今天也只是昨天之影

我们在彼此模仿中度过，自我殖民
我们是每一刻，所有爱与价值的奴隶
高尚，狡诈，悲悯共处其中

重复，多像一种判决
而我，多像一个放风时醉酒的囚徒

圆

在这个庞大深邃的寂静中，深于寂静的无限
时间，从来就算不得什么。包括思考
对大地与天空的疯狂，几乎令我迷失

我在我的体内封存，灌注道德与价值
我想要我，仅仅是我，并非一切虚空
更不必设原则。死亡是唯一的结局

在这个瞬间，这个起点，在此刻
我正蜷缩一团的地球上，全然孤单地淹没于世
"而我的心，略微大于整个宇宙"

浮标

日渐衔山，沙滩绵绸般轻柔
我在岸边一角静坐，风自远处徐来
一群海鸥自顾翻捡着时光

想到日落后，黑夜覆满世界
海浪复又汹涌。我沉在暮色里很久，很久

我是多么贪恋，这潮起潮落后
被归还的寂静。喧嚣夏日过后
被归还的浅秋

多年来，我从未忘记疼痛
贝壳在礁石之上，有匕刃的锋芒
月光如盐，撒在掌心，撒满人间归程

许我再等一等吧，为那些美好的事物
那些转瞬即逝的，或不曾经历的
那些倔强的骨骼，灯塔，萤火虫

整个黄昏，折叠在命运的动荡和安静间
我接受孤独，和尘世所有的荒谬
一遍又一遍地，淘洗灵魂
试图成为这浩渺烟波中鲜明的浮标

清明

树木肃穆，雨水淅沥
檐下，我在发呆。几只归燕亦安静

我本是一个活在小世界里的人
游侠于山野低处，和草木共轮回
我的梦想也不大：晨起不必用力
在暗夜里发光，孤光自照如萤火
……
人间已四月，我知一人离去
借满地梨花送别

我捡拾每一个安宁的瞬间
编织成庞大的救赎
如鸟鸣清丽，如故土滚烫

沙漏

透过没有阳台的高窗
映照进来，赤裸的刀刃一样
割开荒寂，割开无穷尽的虚无

这缕月光，令我着迷
如此明亮，笔直。我甚至看清了
生命的模样，仿佛地板上
慢慢衰绝的光斑
以及写下幻灭的暗夜之诗
尽管我仍留在原处

我并不尝试打破沙漏
世界在窗外以相似的轨迹延伸
既是活着，也处在绝望中
在造梦者的咒语里，梦中所有的情境
与毫无用处的宣言一起
被流沙覆盖，被时光囚困

真相

像一丛草，要经历一些风雨
才能看清生活的面目。疼痛
也不完全是坏事，至少说明一个人
还活着，而如果连活着
都不能令人欣慰，那就没有什么
不可面对。这个傍晚
空气里满是割草机划过后的味道
满是一个个问号跳出，又被我
一次次拉直。我近距离凑上那大片
被腰斩的肉身，流出的汁液下
分明藏着一圈新生的嫩叶
从一丛，到另一丛
生长的碎音，叠合在生命破损的
旋律下，像天地法令间
横冲直撞的一道神谕

下雨了，我在写诗

下雨了，我在写诗
用脚印写，写人间滚烫
雨一行，我一行
行与行间尽是慈悲

……再写两行，我就四十岁了
盈满雨水的年纪，我还在写诗
写宁静，像山一样，雨中的山
只读给自己听

凡人

我怎能如一棵踞崖屹立的柏树
却也不是装模作样的俗客

我不怀疑天道酬勤，也时常
因惧怕孤寂，不忍拒绝
一只蝴蝶的停靠

我被生活裹挟，撞击，甚至撕裂
在洪流与堤岸间摇摆

就像一首小众诗，我力求把它修饰得
像云团一样高洁。而不能忽视
一粒粒从泥土中，长出来的词语

猝不及防

气温在瞬间降至冰点
和冻结在半空的树叶一样，此际
生命的剧本，更像是来自
造物主打盹时，手中落下的笔

想到早前刚被我掸出窗外的小虫
猝不及防的降临
猝不及防的历经
猝不及防的退场

一个卑微的人，雪已白头
也未来得及念出打磨半生的谢幕词
还有什么能比这，更绝望

冷风起

万物凋零。梧桐为数不多的树叶

挣扎，渐深的黄昏

指向它们苍白的宿命，指向

一个人，走入中年的滞重

在城市暗淡的一角

冷风如刃，剖开弥漫人世的迷雾

朽腐不断的肉身，和岁月静好的假象

只留下一道新生的伤口

密而不发的细小呻吟，跌进空茫

像一首落在纸上的诗，正被

时间，擦掉所有的修辞

隐匿在文字下的脾性、温度和气息

那些更轻的如思想，如浮尘

也被掸出。只剩

虚无

在寒冬的清晨出门

寒冬的清晨是一头匍匐的雪豹
窥伺着街道旁缓慢行走的人
路灯还未熄灭，盐质的微光
倔强地挺起一个个旋涡
在前方提示出更大的深渊
一片空茫中，冷风的利爪
正以狂乱的速度划过面部
夹紧的脖颈……他乡的边缘
这样的开场，每天都在重复
没有叫停的权力，如同转角
那棵白皮松，附着其间的麻木
和表情里的峭壁。不知逡巡了
多少年，依旧没能找到
当初丢失的青年，依旧
像刚刚滑落眼角的一粒雪
怯怯巍巍地，对着人间鞠躬

化身

雨的化身。这微渺的凉意
上苍遥寄给人间的词语，名字
一片片细碎的小镜子，照着
芜杂了四时的心绪。沿着河岸
慢慢走，拉着雪的手，像
许多年前，一个人被另一个人牵引
被黏住。垂柳收起巨大的伞骨
落叶鬼魅般，压低呻吟
那个晚上，夜空用万千只蝴蝶
扛下所有，时光和流水一同幻化真身
我想此时，你一定也走出了屋外
钻进折射着钻石肌理的硕大果实
如我一般，踩着玉叶做的梯子
往事背面的风，使它轻轻晃动
像，述说两个人的初见、别离与重逢

荒 原 行

旷野——
挑担者 李宝劼

草芥

我以为我再也没有疼痛的能力
如果不是暮秋里，这簇拥成一团的柔弱之物
——想起那些还在风中弹来弹去的人

草芥一般死命握住脚下的泥土
除了往隐秘处扎得更深一点，它们又该如何
在低悬的落日，生活的暗影之下

一边守着卑微的本分
一边承受造物者所赐予的光环
——顽强，坚韧与不屈

行者

暮色展开巨大的袈裟

我的忧戚比群山连绵

行走人间

过往的翻江倒海，欲望与妥协

渐次隐退

天边白云低悬，犹如默坐的行者

此际，辉煌与平庸交接

落日指向光阴的尽头

哪怕尸骨无存——

我也要以洒脱的转身

质问思想的缺席

落叶

风一直吹，风中的落叶轻
骨骼断裂发出的声音也是轻的

落叶的卑微多于落叶本身
像被岁月反复搓洗的夙愿，超出重力

提到落叶，如提到一个人的暮年
落日余晖，倾斜过来
从镂空了的身子穿过
从飞鸟，晨露，虫噬的重复里穿过

浮世万千，他只在身后投下的
这点斑影里停顿

时光又往前动了一下
在一小阵恍惚中，我仿佛看到一枚落叶
在我头顶飘下，我伸出手
极力稳住身子，像
要稳住摇摇晃晃的一生

婆婆纳

骄阳高悬头顶，随时准备暴晒

喘着粗气的塔，仿佛发脓的伤口

再往低一点，一只只怪兽

正以碾压之势，在草木荒芜处大快朵颐

季节的边缘，婆婆纳异常安静

蓝色的小碎花，轻且醒目

在起风的时候，晃动几下

像陷入茫然的眼睛

像一顶顶明亮的安全帽

被更小的人举着，匍匐在人间低处

沙漠给予我的

一度苦苦挣扎，深陷忽然而至的流沙
风滚草从旁边轻轻跃走，甲虫忙着收集雾水
欲望的悸动过后，更多的沙粒
见证了我的喘息。如一粒微雨落在海中

这里依旧鲜有甘泉，不见春秋
吹过沙漠的风，来自海洋。即便
你引我指向未知
可能降临的暴雨，和雨后勃发的绿意

曾经掩我丑陋的沙，锁于掌心
似繁星璀璨。我不再
纠结于骄阳的残酷，星河坠落黑夜
草木中各有隐痛

在流星下坠的过程中，生命的辽阔
尽收眼底。我比过往更钟情于每一秒
每一秒中，流经眼眸的浑浊与清澈

泥沙歌

江河辗转，冰川、顽石、荒漠
泥沙俱下。人间亦是

我们吞下沿途所有冷冽之物
以人的姿态，讴歌

这宽广的河床，以及苦难
而我，面朝大海，破碎成沙

尘埃

萤火丢失了喉咙
这并不妨碍
它将黑夜渲染得澄澈

黑夜也不说话
足够慰我细碎的伤痛

我跟着星星走，夜色下
也像一个闪闪发光的人
我游荡了那么久，依旧向往
白昼的月亮

我来到这个世上，比一粒尘埃还小
我活在这个世上，被人间烟火浸泡

甲虫歌

寥廓。每一粒沙都在阐述孤独

风是造物者的手
是一种修辞，以摹绘、反衬、夸张之法
修饰世间不平

一只只沙漠甲虫，像一排叹号
把脑袋压低，迎风而立

五月，在阿拉伯沙漠

远处波斯湾隐在黄色沙丘尽头
燃烧的空气里，棕斑鸠迟重
低飞。梭梭草的叶片退化为鳞状

时值五月，离新月开斋刚过去不久
世界的另一端
燕子已归巢多时。而我
我们，一群将方言遗忘殆尽的异乡人

正越过现实与虚无的界碑，像甲虫
把水滴高举头顶
像道路本身
在连绵不绝的起伏中瓦解，重塑

这样浓烈的夜晚
我应回到万物生的专注中
在秃鹫与山羊的轮回里
各安天命。我这样在日记本里写下

——大半个地球飞过了，这空旷无边

虫鸣生出细碎的裂纹

我收紧我的羽毛，它苍白，优雅

恍如一粒兀立的旧词

沙漠一夜

夜已经很深了，厚重的水汽凝结
在营房顶上，窸窸窣窣响着
合上翻看大半的书，几根干草枝
怔在瓶中，像对生活的一种诘问

我守着我的世界，这盛大的沉寂
藏着星星，藏着一只沙漠跳鼠
竖起耳朵
我听见伤口愈合，像天幕在拉低
听见工友们疲惫的鼾声
夜色悄悄穿过窗子
擦拭他们额头的盐粒
我想从枯萎的茅草上
复原春天，春天里
和落在田野上的蝴蝶一样
轻盈盈的背影。我想
马放南山，在这虚设的良辰

在他乡平静的沙坡。微风起
芦苇在轻轻地抽节，淡蓝色的天空
从东边，一点一点靠近

时差

时差五个小时
这意味着把夕阳收进工具包时
明月正在装饰着故乡的梦

风，从车窗外源源不断涌入
将一颗等待成熟的草籽
寄存在我的怀中。我止不住想象

在清晨或傍晚，它被露水擦拭的样子
羊群经过，带来山坡那边新鲜的消息
这样滚烫的瞬间，这样的
馈赠，无数平和与丰满的日子

我也曾和一棵树相互靠近
那绿色的，大大的树冠撑着。雨水
在脚面上开出花来，仿佛一个童话故事
奇幻的开场。正如此时

揣着期待，驶向渐深处

月光亲吻着我们

如同亲吻摇篮中熟睡的孩童

修罗场

踩过大片大片的盐碱地
像踩在大地的创面上
脚下沙沙的破碎声，蔓延在夏日午后

再往前一点，就是丛生的钢架，塔器
光线远远地投在上面，日子漫漶
折返而来
已经很少见到骆驼了
轰鸣的怪兽，鱼贯而入
将草场和法则变成旧事物

人们隔着不同的语言和肤色
相互经过。面罩遮挡不住
脸上的倦意，无尽的人世困囿
在预设的行人道上
在命运同一平行线上。这修罗场

每个人的背上都息着一片海水
负重的脚印，如涌浪
扑向巉岩

透明的世界

这里的白昼总是猛一下子跳出来
光线急剧扩张，在人们周围堆积出
重重迷障。客车嗒嗒地低声叫唤
好似剧场的鼓点，每敲一下
就有一个未竟的梦，落入尘土

我习惯在车厢的最后一排，靠窗子坐下
把不同的角色，置入场景
我时常沉默，观想
沙丘连着沙丘，寂静在寂静中

而故事的结局显而易见
而我们始终对应着一片天空
你看过的落日和流云，我也看过
无数的人活在我们之间，我也知道

这黄沙万里，庙宇一座
——这透明的世界，你我袒露着
一个个分身

梭梭树

更合适的称谓，应该是梭梭草
这些植物界的行者，裸露开
灰白色的肌肤，在苍茫的荒漠匍匐
比荒漠更深刻的风沙，高温，干涸

在虚空里行走，与一株梭梭草交谈
如此清晰具体的事物
以凛冽的锋芒与宁静，镜子般
回答着生活。而我又怎么知道

它对脚下的土地是有多么热爱
才会把根扎得那么深
它矮小扭曲的身姿
吃了多少盐，才能背负起
这万里大漠，无尽岑寂

牧羊人

傍晚抵达，几只麻雀飞入围栏外的茅草丛
若有若无的鸣声，翻起辽阔的安宁
远处的羊群，和那个穿着白袍的牧羊人
消失在紫色的夕光下。我喜欢
这缓缓走进的黄昏，阔耳狐再度探出洞穴
风起时细小的善意

我从简单而重复的生活里，析出盐味
"去感受生命溢过我，恰如小溪漫过河床"
我将一首小诗来回打磨，适合呢喃
适合归来，适合这星辰中隐没的慈悲
在万物深沉的宿命里
轻轻落下

沙漠行

不再往深里走了。一排细小的脚印
指向沙坑中一只正在挣扎的蚂蚁
荒漠黢的活动轨迹，仅仅是茅草几丛

风也停了，黏稠滚烫的空气
让呼吸陡增许多胶着。枯萎的肉苁蓉
立在梭梭树裸露的根上
像对这片土地
失去信心的术士

时间步入中年，回望陌上尘
那些云朵的衣裳
在人世的背面
投下模糊不清的影子

沿着生活的边缘行走，被等待
被放逐，被裁切
这渐已温和的黄昏——

我试着爱

爱一切渺小而沉实的时刻

爱天空低垂

一位老人牵着骆驼徐徐走来

灯

夜半，风沙骤起。错以为

雨打芭蕉

那么有力的呼吸，那么一种

需要经历很长的路程

迎来的重逢

大漠深处，营房茕茕孑立

一只土黄色的蜘蛛

正在台灯一角，铺陈情节

它不知道

那些细线所拥有的

令万物躬身的力量

这撕裂已久的夜晚

因此而获得了

完美的缝合

我想起有一年元宵

母亲用食油和豆面

做了生肖豆面灯，与我们

照亮院落房间所有昏暗处

奇异的感觉，糅合淡淡的烟火味

弥漫四下……
那时只道好玩，未觉夜长
如今，走了很远，很久
走过许多凌乱的皱纹与白发
在这个夜晚
只是长久地醒着，不说话

星光

试着把一块块碎片捡起来
借头顶崭新的星云
拼凑出寥廓。这些黑暗中涌动的浮子
有盐的纯白与坚定

如此柔软的时刻，我时常醒着
沉潜。倾听。反复练习——
习惯安静，习惯调动所有感官
像一只长耳蝙蝠，在虚空中叩出木质的纹理

当月色透过窗棂，细细碎碎照下来
羽毛一样落在我的周围
我又怎能不想起薄暮远山，青黑色瓦檐
层叠的葡萄藤下，爬满彩虹般的波光

它们透明而清晰，还原了我对此间
大部分的幻想
没有比夜晚更完整的去处了，比这一颗一颗
亮起来的灯火更能修补岁月的罅隙

悬镜

这只小小的蜘蛛，让房间有了生机
星光还未完全铺满，它的网已早早撑起
恍如一枚嵌在逼仄一隅的起搏器
夜晚兀自转动，和一圈圈脉冲达到同频

放牧归来的人，也被草木豢养
那双凝视苍茫的眼睛，饱含凉意
使我常常忘记晚风中隐匿着的锋利
忘记身后悄悄拼凑起来的完整的影子

或许沙漠尽头会有一面绿色永恒之镜
天亮之后，时光之刃会剔除所有
毛刺般的动机
而我此时正膝行于此

从欲念，废墟，星海的眩晕和空虚中
摁着一颗急速失律的心脏
像被黑暗罩住的灯火，洞彻
却悬空无依

这样新鲜的一天

这样新鲜的一天
午后灼人的锋芒已消退，包括未知
疼痛也并未到来。我悉心照护的癖好
由此得以加深：披暮霭和灰尘
和万物长久地站在一起。空气松软

薄薄的雾气，总是先于夜色
覆上我的鞋面。草深处
虫鸣是一粒粒渐次复活的文字
写诗一年，就像云要化成雨
这并不令我难堪。脚下
还有很长的路可以走
垄上有几株旱稗，炊烟随晚风
世间还有很多美好在等待

事实就是如此，沿途的事物
预设了深如星空的想象

草木在低处淌成水

而远处的人家
如往昔，正向我袒露出明亮的善意

沙漠甲虫

因为存在渺小，所以把骨骼穿在外面
因为白昼沸腾，所以把足尖探向黑夜
因为晚风苍凉，所以把脑袋压在身下

总要活下去，被日夜
囚禁，打磨，风干

我坐在高高的沙丘之巅，咀嚼着孤寂
咀嚼不安，与长满盐粒的生活
再等一等吧，再晚些时候
雾气会填满深陷的脚印

一只沙漠甲虫，倒立于光阴背后
弓起的背上
升起江河

落日

落日从高高的塔架上开始落
涉过沙丘，在一排排营房的铁墙壁上
淌下来。落到裹着油污和汗渍的裤腿

落到地平线，天地间亘古的裂隙
梭梭树扭曲的枝干
在时光的灰烬里匍匐，缠绕

落日之外，还落别的事物
像夜晚，星辰无尽
细碎的颤音
一遍遍涂抹低矮处的草木
比草木更低更小的命运

像衣角上落满灰尘
怎么掸都掸不净，像人间有好多名字
怎么忘都忘不掉

收回

收回吊车高擎的手臂
收回安全带，滚筒刷
收回鲜亮的警戒绳，在风中摇晃了整天

收回落日，比落日更宽阔的背影
收回脸上带盐的微笑
收回只属于一个人的，磨损的日子

这卡在天地间轮转的宿命
每一个当下。念头。道场

收回之后，又能做些什么
收回一切之后，还能收回什么

碎片

合上门，合上桉树昏沉的气息
盛大的蜃景，虚设。合上流离

把安全帽，工装，劳保鞋，一样样脱下
放好。力气好些时，就洗一洗

营房内黑白分明，昨夜擦过的桌上
又落满一层沙尘，像寻衅，穿过生活的缝隙

窗角的蛛网还是静悄悄的，那只小小的蜘蛛
也还在，一副怀旧过客的模样

此时，烧水壶里水声渐强——
往昔如沸腾的气泡，一点点拼凑，涌出水面

恍如圆鼓鼓的橡果哨子亲吻男孩的嘴唇
我在袅袅炊烟中啜饮，瞥见云雀飞过青色的屋顶

向阳的坡上，微风轻轻拨起云朵

明亮的音符跳动着，递来安宁和饱满

想到这，茶叶已沉入杯底大半
它们静静地伏在彼此身上，一如当初青涩之姿

而月色澄澈，正温柔地抱起
此间所有蕴藏和解或坚硬的碎片

异名者

苍茫无边，而明月高悬
徘徊在大漠深处的人，和自己的影子
一遍遍练习互搏

仿佛一群戴罪之身。口哨，皮鞭
牧羊犬的世界中，命定循环
这样的秩序里，我对草木动了恻隐之心

它低吟浅唱，为更远的地方
让出宁静。像一个个异名者
在神秘主义的寓言和虚构之间

傍晚的际遇

在营区的角落，淡紫色的余晖中
我看到一排细小的爪印，鸟的爪印
行进在围栏旁隆起的沙包上，像被遗忘在
虚幻之境的俳句，轻盈盈
小飞蓬的碎花一样
落在我的身体

这是暮晚，风已停止修饰
草木一如往日，悄无声息地生长，枯萎
鸟鸣也是。很多次
听见低矮的灌木丛，扑簌簌的
如同叩问

我的心也在荒芜深处颠簸
恍如流年的尾端，又掉了一片羽毛
早已过了纯白的年纪。一个人
身着素衣，被长久的偏僻收留

在事物的边缘，落日的轻中
夜色正一点一点抹去
生命的印记

理想树

不需要那么多的阳光，比沙子还密集
悬在头顶，像随时都会落下的尖刃
枝干因此而退化得矮小，扭曲
面色苍白。叶片也蜷缩成细小的鳞状
它们需要些水分，结结实实的希望
譬如一条小河乘着夜色奔来
或者一场酣畅淋漓的大雨。此生
总得放肆一把，总得将体内的盐
吐出一些，那些日夜游走在血脉里的针
不是力量，更不是颂词
把肉苁蓉，锁阳也要剔除
这些丑陋的寄生物，是造物主
安插的眼线。即使根扎得再深
是的，庞杂的根须也是一种原罪
这些魔咒还不足够，还有永世的轮回
困在肉身里的受戒
无欲，无求，无声，无息
这些大漠深处的梭梭树
你们比光阴更有耐性，更坚不可摧

月光

属于低垂的茅草，失语的鸟
羽翅上结着凌乱的情绪
抱膝窗前，角落小小的蜘蛛
在命运的圈里旋转
像夜陷入更深的夜

那些愤怒，恐惧，忧戚的事物
仿佛无尽的水流，消磨石头
这样的时刻，所有的拉扯与啮咬
我怕一开口，眼泪就会掉下来

不骗你，我仍爱着这个人世
我一次次寄托月光，将碎银轻放床头
替我安抚远方的人

落日声声

荒漠无边，每个方向都是远方
在远方行走，唯一可辨别的是落日
盛大的孤悬。顺着这个方向遥望去
落日尽头，就可以找到村庄
此时，鸟鸣越来越喑
淡黄色的灯火渐次亮起
劳作一天的疲惫，在炊烟里慢慢融化
在我的乡下，常有这样的日子
夏日的晚上，老人们坐在路边的石头上
他们摇晃着芭蕉叶做的扇子
聊着像麦秆一样细小的家常。偶尔
也会交谈几句诸如战争那样的大事
我不能涉足其中，作为一个在土地里
扎根未深的人，我愧于向他们描绘
村庄以外的天空
我只能默默地坐在后面，闭着嘴巴
不敢在他们短暂的松弛里
插入虚妄的主义。恰如此时
我在月下独坐，沙丘下面传来几声虫叫
偶尔有风，但无树可摇

写字

他在写字，隶书、楷书、行书
草书最为孤独，只属于一个人的热烈

抬眼望去，茫茫沙漠是一张白纸
每一次落笔都耗尽所有力气

夏日的黄昏，风短暂的藏匿
墨迹未干，人已中年

他仔细辨认每一个字，每一具肉身
众生。像侧身天地，捧沙的王

像一支笔，一张白纸，搬运尘世

书写

铁丝网圈起来的这片荒漠

在被上苍遗忘的地方，愈发显得孤独了

同样的一群人蠕动着，似一滴滴

悬空的墨水，急于找到一枚合适的字

沿着脚手架搭设的纵横线起笔

管道在钢架里交织，像日月

交替的线条。吊车提着银色的顿点

怔在风中。洁渺天空下

书写世界的欲望经久不息

人们摇晃着一生，吐出钢铁，水泥

只为塑造一枚字的宏大与坚硬

如同手中这张白纸——

无论我蘸取多少月光与晨露，总不合适

无论我抹掉多少棱角与思考，依旧不够

芦苇

时间流经荒漠，变得稀薄
流经内心长久的萧疏
从一片细弱的芦苇身后，堆积出
一串慌乱的词语。这多像我
在命运的低处
微风漫过我中年的头顶
我知道，令我耽于天地造化的
是我自己——
此刻，我要折断身体，赶在窒息之前
要一次酣畅的呼吸

余晖

黄昏的帷幕拉开，荒漠缓慢退去炙热
像巨大的鲲，挣脱天网
一点一点恢复知觉。一些微小的事物也是
譬如斑斓的沙粒，灌木丛和鸟鸣交织在一起
此时，洞隙里的那只蜥蜴
在营房后的空地上，刚刚留下
一串若隐若现的脚印。我也学着它急迫的样子
向着沉甸甸的暮色撞去，仿佛
那样就能将消失殆尽的余晖抓在手里
那些温暖的，渺小的记忆
也可以像一串省略号似的
给短暂的一生，带去无边际的希冀

一首未经修饰的小诗

明月用盛大的意象掩盖孤独

荒漠持续焦灼，毫无波澜的表情一般

安然领受生命中的预设

这让我不知该如何来描写

扬起又落下的沙粒，和瞬逝的露珠

远处，芦苇枯萎的声音，一节一节响着

发电机一刻不停地抖动，像呻吟的小兽

此时，一格格亮光的背面

一些人正沉溺在稍纵即逝的快慰中

不断挑战活着的阈值。一些人举起了杯盏

从肺腑里掏出发酵的词调

这样稀薄的夜

我沿着营区的围栏缓走，偶尔抬头

月亮更近了一些

仿佛一封泛黄的旧信

信中，折着那首未经修饰的小诗

朝圣

需要吃掉多少沙子，经历多少起伏
才能呈现这八千里热烈，把死亡奉为图腾
需要咽下多少盐，一粒一粒像天上的星
闪烁着一个人寄存在暗夜里的记忆

在黑夜下的荒漠，时间的剥离
从身体里取出信仰，悲戚和恒久的无措

我一次又一次走进它们，走进和我相似的事物
在叠加的孤独中，加深彼此

而人世温良。像落叶归土
赶赴一场朝圣

瓶沙

傍晚从合上一本旧书时来临
太阳不再裸露锋利的毛刺，拉开纱窗
晚霞如流水，从营房顶上
一缕一缕滑下。我往一只窄口玻璃瓶里
存了些柔软的沙土，在余晖的注视下
它们细微的弧度，透着一个人
起伏的身影。这么多年
每行至一处陌生之境
总要收集一捧脚下的泥沙
安宁，也似乎得以在生命中保留
这是和余生的约定，和长天落日
和一株小草的生与死。而生活
在一章章的叙事词里，被岁月驱赶着
像一团落满尘埃的荻絮
路过一段路，路过好多路
我的身体越来越重，是啊
我装下了一瓶又一瓶沙
我留不住的，时间，依旧嘀嗒嘀嗒

荒漠与桉树

桉树在清晨重新支棱起来，守在营区四下
像准备鏖战的斗士。被似火的阳光
穿透之前，昨夜枯萎的几片叶子
仿佛尘封的默片。所幸，它们都还活着

这茫茫荒漠，几滴凝露就足够
万物树立起对苍白尘世的信任。整个早晨
我和这些沉默而肃穆的树木并肩而立，等待
巨石将我们一点一点压缩成滚落山底的寓言

秘密

在荒漠里行走，我的脚步比身影长
但永远比苍茫要慢
这让我越走越渺小，小到仅能隐身于草木
才不至无措。傍晚的闲暇
循着麻雀金黄的啼鸣，我辨识
一个一个曾忽略的细节。微风轻轻带走
荆棘细小而尖锐的隐痛
光阴的栅栏在打开，这样的命定里
上苍把生命的秘密簇拥入怀——
我抱紧自己，像达成一份和解
一言不发

幻象

偶然间的飞鸟，梭梭树枯萎的枝干
和牧民遗弃的木桩
为这片荒漠赋予了本来存在的影子

一群人自带魔法：钢铁，塑料，玻璃纤维
这些尖锐凛冽之物，像一种主义
从咸的水提取盐，用坚硬塑造人间幻象

——他们不会怀疑，这座城堡的坚固
正如他们不曾相信，那风沙
刻在一截树桩上的箴言

偷渡者

窗下的虫鸣，淡了
这个夜晚也即将用完

我抖擞精神，合上旧书
书中有个少年，天上有颗中意多年的晚星

东方既白，借我暮年
一个携带汪洋的人，一个偷渡者

仿佛有沉船无数，在浮世里
和生命，做着一次又一次的交易

见星如晤

今夜，风沙俱寂，繁星
流动起来
营房的墙角，缝隙里
一些小昆虫，模仿举着电话的人们
荡漾起颤巍巍的鸣声，像一串透着银光的波澜
被月色稳稳地托住。那些轻盈盈的话
一定是反复揉搓过的
我分明看到乡音的裂纹里溢出盐粒
看到他们刚刚把褪色的工装洗净，拧干
悬挂，仿佛悬挂自己摇晃的中年
这样如水的夜啊
我一遍遍更换词语，让荒漠中枯萎的身影
在纸上复活。在这孤单的人世
总有些静好，肩荷重担
在夜晚，总有人贴着地面
一群蝼蚁似的
循着光

在这里

天空不属于飞鸟，陆地不属于走兽
在荒漠行走，生命之间只有距离
没有赞歌，没有来路，也看不到归途

这前赴后继的沙，卷起，挣扎
像命运的诅咒。这翻滚的人间
——所处皆异邦，所在皆虚无

歧途

荒漠，黑夜。在一张纸上开疆辟土
每一粒汉字都是一面旗。这磅礴的空寂
鼓动一只蚂蚁，沿着命定的轨迹
陷入更深的茫然。一株株茅草
在光阴旋涡处，抱成一座摇晃的城堡

我忖思这些沉浮于风沙的隐喻
我与它们近乎同频——
跋涉在茫茫人世
每一步都是转瞬即逝的泡影
每一步都是，歧途

·第一三辑

风 手 指

蓝色的下午

偶尔有微风侧身，白云

从脖颈处滑落

失去轻纱的遮掩

天空显露出另一种深蓝色的肌理

仿佛镶嵌在匍匐的麦冬草中

宝石般的浆果

伸出手，再轻轻一按

就会有阳光纷纷溢出，像

枝梢中滴落的鸟鸣

给院子撒上一层金粉

雏鸭正痴迷于啄咬女儿的脚趾

米粒大小的桂花香，翻卷得

到处都是。身后

母亲还在拾掇

一遍，一遍，不厌其烦

她习惯把里外的家什妥帖归置

好似对着它们说话

说不完的话

就像眼前这壶茶

自顾加深着暮色的浓郁

和父亲的闲聊

我们聊一些村子里的小事

墙脚的马唐草那样细小

那样郁郁葱葱

而更多时候，我们只是静静地坐着

任余晖一点点从身上剥离

在这个蓝色的，绵柔的下午

凝固成两座斑驳的石雕

今夜

母亲下楼跳广场舞去了。父亲
在小区周边溜达，也捡点废纸壳
顺手的事，做起来
总是美滋滋的。我就在屋里
刷刷碗，拖拖地
四处看看。阳台西角的昙花
今夜，一定会开
女儿即将，过五岁生日
跑满屋的清香，也算是
礼物中的一件
澄澈，温柔，安宁的夜
瞬乎归来：我把行李箱打开
掏空。工装归进橱子
旧书置于案头
收音机里的音乐，是我熟悉的
月亮如老友，从虚空跳出……
万物被无条件地爱着
高的，低的，一栋栋楼胶着
似浪花。数不清的灯光

闪烁，是渔火，是星辰啊
姐姐画好的小犬
刚穿过时空，从远方故乡的巷口
探出脑袋。多么温暖
细碎的脚印呀，在我周围蔓延

今夜，夜色如绸覆盖人间
今夜，我借光阴一角蛰伏

风手指

你有没有闻到雨的味道
为一棵开在远乡的槐树，一碗饭
或一个陌生的人落泪
还记得吧
阳光在繁密的叶间跃动
你侧着脑袋，口水浸透了书本

再睡会儿吧，孩子
让秧苗分蘖，挤满梦的间隙
风手指正拭去你额头细碎的汗珠

你要知道，有些事物就像蛐蛐一样
——秋天闪来了，夜变得沉滞
虫鸣如霜，又湿又重

伴随了我一生的盛夏
雪高

一日

连绵不绝的野菊，环抱着斜坡上
落叶的花生地。年轻的父亲，摩挲手掌
打开了一个缺口，释放出藏匿的小虫
也释放出久居黑暗的果实

万物一下子闪出了自身的光芒
新鲜土壤的味道翻滚，时空
也因挥动的锄刃，拥有了明亮的划痕

不远处的田埂上，暖阳正穿过秋日
穿过白杨哗哗作响的枝叶缝隙
在一个年幼少年的脸上，身上
盖下无数深浅不一的戳印

他不知疲倦地跳跃，像那只
刚从光阴的缝隙里，逃出的蝈蝈
只顾加深着天地间，金黄的回音

密语

实在孤单的时候，就去倾听花草
背影被夕阳反复咀嚼。旷野深处
山谷叹息，盖住风言风语

或者，捧出那块棠梨木菜板，仿佛捧出
一件称手的乐器，多么浪漫啊
纵横交织的刀痕是音符，柴火辉煌

有一次，母亲坐了三个半小时的车
穿过几个闹市，向我描绘
蔬菜，房屋，开满紫云英的田埂
城里天气陡峭，晚风
把眼窝吹得生疼。而人间匆忙

像迟缓的月牙，把光辉让给霓虹
黑夜告诉我的，也只能由黑夜转译

常常有这样的夜晚，循走至陌生深处
我们紧握住彼此的手，像把住一根桨

那密密麻麻的掌纹里，饱含
形而上的维度，也诠释着
与这个世界脉脉沟通的密语

如旧

我始终愿意相信如旧是个好词

比如，傍晚就会抵达的书信

信封右上角贴一枚熟悉的故居邮票

信里说麦子泛金黄，小狗趴在

开满紫云英的田埂上一整个下午

如往年，沿着院墙

母亲种的南瓜，樱桃，扫帚草，杂色的月季

还有溢满墙根的太阳花……

又一次细嫩而芬芳

呵，它们脸上的修辞也是旧的

堆在轻软的两页纸上，和门前

繁密的麦秸花苞一样

我多么喜欢它们平淡而重复的样子

不必克制

就像我，在他乡一角

每当看到末尾那很长的省略号

说"一切都好"

说"在外要注意身体"

泪珠就忽地落下来

中元

烧去满满一箩筐的纸钱

这一世不会再贫穷了

有鸡，有鱼，有水果，香糯白米饭

未曾见过的各色点心……

这个时候，脸上应该扬起微笑

从饥肠辘辘中醒来，不再做梦

喜鹊在高大的树杈上跳来跳去

加剧着鸟窝摇晃的幅度

看一看漫天震响的鞭炮吧

跪着的子孙

还有什么想要嘱咐的就说一说

说孩子考上了大学，说孩子结婚

说孩子也有了孩子

还有什么遗憾吗

连生前不曾享用的美酒也带来了

把青砖刻碑再扶正一些

陷入泥土的野草拔除。天空远大

红彤彤的夕阳无声落下

一同放下它的圆满和孤苦

这天傍晚，我跟着父亲
无比虔诚地注视着缓缓燃烧的火光
像是感受到从另一个世界
一点一点送来的保佑

点燃一支烟

父亲点燃一支烟
在无限的黑洞中迸发出一束光

我久久地凝视，那一团柔软的
泛着白色的烟丝
在一片薄纸的包裹下，挺拔起来
又在一缕火的刀芒中，慢慢坍塌

四下的风窜来，夹着凛冽的衰弱
甩在长长的路上，猪圈是安静的
颤抖的小草房，有忽明忽暗的光

父亲点燃一支烟，吐吸间
时光融成灰烬。仿佛世间所有的岁月
都砸在一个人的身上

我学着父亲，点燃一支烟

烟缕穿过眼睛，在胸口
起伏成止不住的河。我知道
所有的前行都需要反复炙烤
这奔涌的烟雾，是猛烈的药引

夜晚的虫鸣

一块块裹着纱布的玻璃，高耸入云
阳光灼热，缠缠绕绕的柏油路
像咆哮的巨兽

是被任性的孩童囚禁在金色的笼子里
是攀着滚滚的车轮而来
那些荣耀的时刻，都已不再重要
响亮的灵魂，遗落在
肥沃的庄稼，开阔的院落和麦草垛的味道里

月光拨开暗夜的草丛
一只卑微的鸣虫，在抚摸发脓的伤口
那些零零碎碎的情绪哽于喉中
父亲嘴角的烟，影影绰绰
似它整夜的悲鸣

他生

龟背竹长在林间底层，透过叶子上
渐生的孔洞，给身下投去阳光
那堵墙也是。多少年了
它有时会漏风，更多的时候
只是毫无保留地给我温暖

像许多人被许多人雕刻
许多词语陷进许多词语
我张开双臂，山雨呼啸
顺势倾斜过来

越来越多的气泡，在肺部膨胀
父亲倚坐在屋檐下，像一枚落叶
收紧生命的尾音

春日

阳光好时，一些事情
就可以弃之身后

比如，缓缓拉长的影子
迟暮流年。比如
眼睛里有沙，晨风仍具寒意

桃花层叠，弥漫
在这个春日。外婆抬起右手

几片新发的嫩叶，也是
一副蜷缩的模样

在田间，河边，旷野。那时
星挪辰移，不知流云易散

推着轮椅，走过了漫漫来路

因为回忆，我们忘记了

已远去的冬季。因为久久的回忆
今天和昨天并无不同

折纸

飞机，轮船，东西南北
他一样样折好。四岁的女儿
还不懂得远方。她那么小
在黑夜来临时，总要睡去
父亲反复叮嘱，电话不用经常打
天冷了，多穿衣裳
是的呢，需用多大的风
推动这纸做的房子。需用多大的风
才能吹灭，那裹紧的灯火

一个腊月里赶路的人
一个在暮色下徘徊的人

他们多像凌乱的旧纸片
在一场场寒风中，借用
彼此之身。不知所终

简笔画

姐姐画了一张简笔画：藤蔓苍劲
覆在墙面，剥离掉的瓷片下
生命的底色，灼灼其华
明月高悬，这张时光的陈酿
在我枯耗许久的心底引出泉流

穿过闹市的时候，我也曾长久驻足
一处安静的报摊。风雨来袭
那位裹着蓑衣的老人，踽踽独行

我给姐姐发去一段文字：我等不到
冰雪尽融。此刻，我只想燃一把火
烧出一个暖暖的春天

花园

小时候，有一处不大的园子
梨花随意开，树上
花色猫追逐麻雀，阳光趴在地上
像扭动的光屁股小孩

长大一些时
我住进了新的园子。跨过楼群
一张横贯深渊的蛛网，落日
沿着台阶，给陡峭的世界
默默勾上金边。天空笔直着穿过喉咙

父亲巴巴地望向窗外
在此生从未想过的高度上
反复练习……
自清晨，到日暮
一群人修剪草木，肩上落满白色的花
近乎虔诚地，
在创造一个新的物种

火红的枣树

很多年过去了
那棵火红的枣树
还在我的眼睛里生长
沉甸甸的果子，不时落下

坟前树木颤动
烧纸的余烬滚落满地
随风摇晃的荒草
像凌乱的头发

父亲默默背向我
远处枝丫间，鸟巢喧闹
沉沉的天空，落下丝丝细雨
好似残冬流下的几行清泪

我说，爷爷家的枣子真甜啊
父亲顿了顿
天黑路远，风继续呼叫
转眼，又是一年

在中秋的夜里

烟雾聚拢，掠过灰色的发梢

从低矮的屋檐飘远，接近月色

父亲咳嗽了几声

烟卷微弱的星子闪了几下

我们在一些土质的小事中，轻声行走

茶在手中氤氲着润泽的光色，日子

还不算凉。中秋的夜空

天上的云，明澈迢递

一团一团流过去

这很像墙头那株凌霄花

大片红色的花已凋零

几缕新的枝蔓又生出来。生命

也跟着从容许多。父亲又咳嗽了一阵

夜色被推得更深更远一些

一些人睡了，一些人醒着

而月光如衣，正轻轻地盖住

每个人心底柔软的部分

我只是自己的故人

雨，下得越来越敷衍了
已不能安详地拥住梦境
眼前这碗冷透的茶，让我深陷
连同那轮杏黄色的月亮
一起虚构进去

挂在草尖，纹丝不动的蜻蜓
咬人的纺织娘，和彻夜求偶的萤
父亲把热闹的童年放到我跟前
他的背影在夜色里摇晃
仿佛一枚被寒霜啮噬已久的树叶

孤独是暗夜布下的咒语吧
雨滴滚落地上，又溅射到空中
我承认这躁动的气息里
悬浮着的命运
长满欲望的风，刮个不停

它把我的影子越拉越长

一直延伸到羸弱的村庄

那遍地零乱的月光中，没人唤我的乳名

我只是自己的故人

移动的雕像

你走过的地方
无非是从田埂的这头，到那头
无非是夜晚追着月亮，盛夏背着骄阳
无非就是踩着迟暮的墙头，我爬进高楼

此刻，我在空调房里摆弄着鼠标
命运的拳头，把你摁进一棵麦草
我想抬出一首诗，稳住风中你踉跄的脚步
可所有的词语都略显轻薄

这个唤作人间的地方
恍如一张蛛网
狩猎着蝴蝶、蝼蚁，一切美好
又卑微的事物。唯独握不住一缕月色

我不止一次请求
将你永远封印。时光缓缓流过
磨损着你的轮廓，像一座移动的雕像
慢慢靠近死亡

如同这蛛网上抖落的泪珠与动荡
你将这世上一切的依恋拒之门外
父亲啊
你行走一生，只为了活得像个人样

刺猬

越是坚硬的东西
越能体会雪的重量。比如
虬枝、瓦片和披在身上的骨骼

起风的日子里
母亲听不到父亲滞重的呼吸
父亲看得懂母亲急迫的忧虑
而我，像一只刺猬
把柔软的胸怀无限贴近土地

在暗夜里爬行
像把一座山扛在肩上
所有的用力，只会让骨头
断裂时，更加清脆

——我何曾畏惧生活
我习惯于用一个蜷缩
背对旭日的喧闹
在午夜啜泣，食宿孤独

老屋

青苔在无息地生长。月亮
依旧如往昔徘徊
墙根的缝隙中，夜虫低语
似处方笺上潦草的文字

父亲用整夜的烟雾
缓解病痛，像一座山坡
隐入尘烟。我从老屋里走出
脚步，和月色一样重

是谁在规划前路，以布施之名
是谁掀起浪头
把我们卷入暗夜的旋涡

在星辰寂灭的黎明
命运的剖面上
我拨开迷雾的隐喻，轻抚家门

且慢

六月的余晖，呈现出麦田渐浓的金黄色
从大块的玻璃墙面上反射开
堆满街角，路面，奔流不息的车马
这样平常的傍晚，父亲正弓着背
拖着一兜废弃的纸壳
这些从小区的垃圾桶中悉心拾取的馈赠
保持着拥抱的姿态，让用旧的生活
变得具体，柔和
走了很长的路了，季节已飞入中年
阳光从老榆树的树冠筛落
留下稠密的阴影，纯白的云朵抬眼间
被南风赶往日子深处
那些隐藏了很久的白发只须臾便长出来
我的父亲，一个扛过万斤麦子的农人
我该如何用一首小诗来定格永久
在每一个落日照拂过的地方，虔诚地收集
无数散落于四处的岁月
就像这个微不足道的结伴，随行
楼宇耸立，世界被削出更多棱角。只是

父亲比我越来越矮了，跟在我身后
像个无助的孩子。只是
走得再慢一些，用余生交换流年
只听嗒嗒的脚步声……

我知道

太阳隐身于群星时
小巷尽头，柔黄的灯一定会亮起
定然会有绵密的光挤满屋子，抱紧我
而我的身后是晚风，和走向彼岸的人
无须多言。母亲一定煮了饺子
我凛冽的中年，总是热气腾腾

这寻常的夜晚
窗台的海棠还未入睡
我由此而觉得幸福，觉得
时间流逝，并非罪过

晚风

女儿喜欢爬上花坛
高高的台阶。晚风，自远处
吹来。吹过草木
吹过父亲擎着的手，吹向
娇嫩的花朵
没有什么，比风
更容易让人迷失。迷失烦忧
迷失方向，迷失已悄然更替的岁月
在这不着痕迹的风中
我窥见过去以及多年以后
却唯独沉醉此刻

窗前

雨珠从窗户上滑下
落上时，依旧轻描淡写
角落里的蛛网
随夜色反复颤动。灯火细碎
如散落的盐粒

我在窗前，在远离大地的虚空
用一棵树的模样
看暗夜撒落的星辰，在人间
这张小小的网上渲染……

像这样阴沉的日子很久了
大风从低处吹来
又从人间的高处折回

此刻，海棠花未眠
父亲斜倚床边
晨光熹微，洒在他的脸上
发出薄薄的声响

星星

总以为，风刮久了
就会累些。在那个凛冽的夜里
纸片一样的皮囊下
无数白色的斑影，在继续扩散
铺天的星星似的
每喘一下，夜色就沉一分
那样凝重的夜色
息在我的胸腔很久，很久
老姑已走了八年
走的时候，弓着腰
头抵在胸前
像一株枯透了的麦子
垂着脑袋
我想她已多年

入秋

天气慢慢凉了
凝露在秋蛉的翅上
日渐厚重。晚风变得
和呼吸一样沉静
这样如霜的夜晚，我在想
我的外婆，想她
昔日翘首竹林旁
大声唤我的乳名
挤坐在小圆桌的周围，端来热腾腾的馍
想她，此时正在轮椅上所想的事
墙头那株凌霄花，又晃动了一下

入秋了，我在想我的外婆
月光轻拨草木，草木间飘来
几声颤颤的虫鸣
仿佛一串熟稔的儿语

缓慢的事物

你有多久，没陪自己了
像小时候那样
奔向田野。雁群衔着云朵飞过
蜜蜂和白色的蝴蝶
在野花间跳跃
你追着黄昏橘色的尾巴
不觉秋凉

一日将近，缓慢的事物
很多，很多
女儿叠的城堡里
有未解之谜。阳台上那串
火红的辣椒，依然是热烈的性子

你有多久，没陪自己了
比如昨天，比如多年以前
你在窗前呆坐，和月亮相视
萤火落在梦的边缘——
这些都与明天无关

农家陵子

方宅十余亩
草屋八九间
户庭无尘杂
虚室有余闲
久在樊笼里
复得返自然

韦宗书

院中

夕光退入群山，晚春
退入草丛。时隔多年
院墙外的老榆树，也矮了几分
父亲就那么安静地坐着
月光覆身，如厚衣裳
烟卷燃烧的火星，一簇一簇
缓缓掉落。村庄深处
偶有几声犬吠

这个静夜，我回到院中
一起回来那些用旧的日子
我收起满腹话语
被漫天星辰紧拥。此际
虫鸣清澈有力
微风轻晃树影

踩雨

雨后，有时也是小雨时
就陪着女儿去屋外
呵，无数片的水洼
映着天上尚未褪去灰衣的云
两只麻雀被一片水洼弹开
又被，另一片弹开
我们飞到天上，拥着整个天空
像两滴雨，成为云的一部分

蒲公英

女儿奔跑，跳跃
灰色的蜗牛，仓鼠，小兔也是
起步于秋日疏朗的清晨
蒲公英纷飞，向蓝天野地
向很远的地方……
小心翼翼地落脚

欢欣。落寞。孤独
生命的感觉飘零
面对那一团团纯洁的毛球
噙露摇晃在半空
我放弃言辞，如同岁月苍老
不能自己

爬山虎的秋天

从墙根处蔓延，触须探向虚空
探向季节尽头。日复一日
在风雨里淬炼骨头，描摹
复制墙的样子
仿佛永远见不到，它对这世界
生出厌倦之色
小时候，我常在这样的墙下玩耍
这片躲藏之地，珍藏着
我整个童年的神秘，与庇佑
像一片魔法森林
源源不断地给予我能量
……直到秋风掠过
枯萎的叶子簌簌零落
稀疏得可以看见蜿蜒行走的茎
这让我猛地想起乡下的父母
正拖着衰老的躯体，匍匐在
时光的悬崖处

躲猫猫

女儿追着我，或者是
我追着她，嗷嗷地
像躲向山坳，面红耳赤的太阳
她对形容词还似懂非懂
也注意不到时间脸色的变化
游戏那样简单，我假装
看不见，她就蜷在眼皮底下
游戏又那样难，这一假装
就过去了许多年，许多年
对触手可及的惊喜视而不见
许多年，我还未能找到
那个丢失在光阴深处的少年

萤火虫

好小啊，一闪一闪
一群捉迷藏的野孩子似的
女儿央求着，拽着夜的一角
盛夏的暮晚露出
苍白的腹部

除了在手机上输入三个字
我又该如何向她展示
萤火虫从指间悄悄钻出来
像星辰跃入人间
这样美妙的礼物呢

人 间 志

地耳

好大的磨盘啊，风推着
一圈又一圈。山川田野被碾得雷声轰鸣
地耳雨滴一样，在天地间
落下，盈满，流向季节深处

这伏在大地低处的菌草
娇小，柔软，多像
一群翘着耳朵的精灵

云团落地了，就仰起脸倾听
太阳滚过后，又蜷缩成一粒粒种子

在鲁东南的乡间，我从小看到
翻过大片的泥土和石头，生命的底色
连绵不绝。仿佛

绵密的针脚，要为裸露的人间
着一身沉甸甸的衣衫

洞口

不大，开在堂屋的垛墙上
规规整整。外面是阳光
也是顾客。踮起脚尖
朝里喊一嗓子
黑黢黢的角落处，一重一轻
就会挪移出一个跛足的光棍老汉
拉开窗格栅，明暗的界面上
你会发现，一张挤着笑意的脸
杵在歪斜的货架前
五颜六色的糖果总是有的
夹在稀稀拉拉的日用商品间
我喊他大爷
不仅仅是觉得那张脸像刀刻
还因为没等开口
他就恍惚知晓
是我跑来了……
每当提起小时候，甜的回味
苦的舍弃。提到他
那个在除夕夜里

在洞口上方的房梁上，用一条
细棉裤绳吊着自己，直挺挺的
拐棍似的
父亲总会转过身去
没人知道他是怎么上去的，那么高
正如，年还未过完
一块新鲜的泥巴
已糊在半空
像脸上连夜长出的疤

在地铁里

多像深秋的余晖下，落羽杉
旋转飘过的一枚叶片。我踟蹰
虚度的半生。永远来不及
敲下的下一句分行，下一个
站台，我看到一张接一张
涂满焦虑的脸，看到
跳动的手机屏幕撞进夜色
打出一串串无法解开的死结
黑漆漆的通道里，地铁
被迎面的风，被前方的空穴里
生出的风，抽出刺耳的叫声
仿佛内心被疾速掏空
滑向虚无。在没有参照之物的
生命里，如果不是
仗着手中这根纤细的杆子
我又该如何相信，路的尽头
晃动的明天
会浮现出微光

后会无期

旧友发来讯息，嗔怪我
没有打声招呼……
我长按一个拥抱的表情，回过去
高铁在疾行，一个接一个城市
等在前方，又甩到身后
正如我们，一意孤行
在各自的路上
我是个不擅长走马观花的人
时常，端立于清晨和日暮
陪露水丰盈，到背影斑驳
渺渺难寻
那么多远行的人，拽着
喧闹的彩尾。我曾试着打捞
车窗上的星辰，泅渡在四分五裂的
雨滴。这是一条注定通向
遗忘的单行道
在抵达流放之前，我的朋友
你一定要明白，除了保重
还有什么比重叠的影子
更令人悲伤

错误

毛栗般的时光已尽，彼此的
荆刺，色彩，星辰
词语不再如春风
一起开垦的田，长满谎言
未来，也是无须触及的问题
甚至眼神，从厌恶
到不屑。多么可笑又现实的窗口
之前的闪躲，更像是一种预示
而非明媚
当离开是必然的结局
那么多一秒的纠缠，都是罪孽
都是惩戒，就像下一个路口
我们一定会往相反的方向
逃离，没有犹豫，和你以为的悲伤
仿佛每一步都是救赎
都是，更无尽的深渊

神奇的巨手

挨着一只嗡嗡振响的小蜜蜂
大半个早晨，直到
掠过最娇小的一朵凌霄花，掠过
花萼上一排雀斑样的嫩绿色蚜虫
沿着可见的阳光飞远了
也没能听懂它的话。不过
它一定是愉悦的
那么多朝它绽放的笑脸，那么多
等着搬运的小日子，它离开时
明晃晃的腹部。那些
还未来得及被藤蔓裹紧的
青色脊瓦也是明亮的，想必
父亲当年，骑在屋顶
亲手垒砌它们时，也是迎着清晨
第一缕光芒的。晨曦从高挑的
梧桐树的树冠，倾泻下来
微风拨弄着，一只布谷鸟的鸣音
被擦得响彻云霄
你很难发现它的样子，像时间

如鼓点似角弦，一点点
延展，鲁东南连绵不绝的农田
露珠儿样的村庄，和天边
缓缓腾空的金身，那霞光
徐徐拉开柔软的帷幕
犹如一只神奇的巨手，抱起
众生安宁的人间

驿站

下意识地转身，望过去
毫无意外，楼前地下室入口的阳光房
他正斜躺在破旧的二手沙发上
双手抱紧胸前，鲜黄色的骑士帽
掩住半张胡子拉碴的脸
应该是还在睡梦中
从夜色浓得揉不开时进来，到
天刚蒙蒙亮离去。几个月了
这个依旧陌生的外卖大哥
像只刺猬，夜夜扎进
四面玻璃包围住的小块幽暗里
我和他有过一次简短的交流
隔着门，在物业又一次驱赶他后
确切地说，我们并没有分享
多少彼此的信息，年龄，工作
婚姻，包括对未来的关切
凝滞的两分钟，我们只聊了天气
像一枚树叶的两面
共同迎接崭新的晨曦，一点一点

靠近。从眉间到墙角
到他归置好三两个包裹
把散落一地的烟蒂打扫干净
他不知道我住在几号楼几层几户
我也没询问，他下一站将抵达何处
我们在冬日的一个清晨作别
我送给他一个微笑，他留给我
一个远去的身影，逆着光
消失在时间的背面

旧衣

一件件洗净，晒好，归置
站在橱柜里整整齐齐
像一排退役的老战友。抛弃
是多么残忍的事
它们曾给予一个赤条条的
居无定所的移民藏身之所
让不断衰败的肉身
焕发春天新鲜的想象
和新衣相比，这些旧物
或许不再具备契合，和清晰的色彩
不能遮掩眼睛里增生的偏见
甚至虚荣。从脱下的那一刻起
就注定多了一重失联
和昨日的自己，散落四下的炽热
隐秘，我们并肩挨过风霜
人世的锋刃。是呵
生活总要追逐一点新奇
而此时，我和这些旧衣
我们这些跌入光阴泥沼的探路者

正耗尽生命全部的潜能

选择体面。选择

站立

参照

突然掷下的雪，令本就倦怠的
黄昏，愈显不堪
办公室内，浓稠了整天的暖气
并未能融掉一点郁结在胸口的重量
在每日途经的巷口，老人的菜摊
一声不吭。青椒，山楂，白菜，土豆……
渐渐蜷缩起来的果蔬，像
一群被神遗弃的孩子，依偎在
同样怯懦的身影旁。在他们周围
尖锐的鸣笛声与匆忙的脚步
纠缠在一起。锃亮的冷风
伺机围剿过来，一再剥开
惊魂未定的伤口——
那双眼睛，飘起，落下
在冬日凛冽的暮晚，和同被摁在
风雪中的路灯，互为参照

堆雪人

小时候，一场大雪后
父亲就会给我堆雪人，一群雪人
先堆个我，然后是他自己，再然后
是他的父亲……堆完后
还要用枯叶做絮，一个个披上
新做的棉服、帽子和手套
整个冬天里，老少爷们一次次团聚
和孩子，孩子的孩子，挤挤挨挨
我们有唠不完的嗑，浓得
化不开的旱烟味，有绵柔的
有温度的香。有一次
孩子又问我：爸爸旁边的那个人
是谁？我笑着说：这是爸爸的爸爸呀
我照着自己的样子，堆啊堆
在空茫茫的天地间，寒风
挑了挑眼睛里模糊的灯草。恍惚中
我又看到了满满当当一屋子人
他们招呼我坐下，烟雾环绕中
我还是那个最小的孩子
依偎着我的父亲，父亲的父亲……

空酒瓶

似乎还要再多开几瓶酒
才能释放出积在心底多年的风雪
那些散落的空酒瓶，倾泻着
发酵的光阴。暮色降临
我们用一地琉璃，来复原
曾经清澈的目光。蓝莹莹的天
是很久之前的事了，将影子
放生在草丛，河流，初春的田野
像一群羽翼未丰的黄眉鸟
我们的分身，试图把所有
憩眠在薄冰下的星辰，拔出来
戏弄一番，再交还云朵……
这个漫长的夜晚，在摇晃的尘世
一群人，抱着欲说还休的风声
像跌足的小丑，小心翼翼地
演绎生活

礼物

黄昏也是。轻风过处，旷野里
大片大片的青草吟哦细微而澄澈的梵音
宛如正行走于土地上的，绵密有致的针脚
哦，霜露也像星辰，这上苍赐予的礼物

如果说死亡也是。那么
我乞愿在走进黑夜之前，将泪水全都流尽
所有热烈，我的爱与忧伤
都归还人间。只剩一副皮囊

断章

倾听月光落在海上的回音
像贝壳呜咽，叩击着孤清的夜空

一叶小船漂在水中，水在月光下
而我是一颗星星，坠入故乡的怀里

连同黑暗中的白霜，浸泡在霜里的苦涩
它们一一刺穿我的肉身，留下固执的瘾

我沉溺在这孤独之间撞击的声音
没有哀伤，也无须理解

我们只是静静地靠着，像一片草木
慢慢从喉管内长出虫鸣

人间志

乌云碾磨着自己的骨头
比大海还低
在更低处
有人扛着弯曲的月光航行

迎面的风袭来，树叶随之沸腾
和向阳的一面相比
俯首大地的反面
更为明亮

离别，或死亡
并不总是指明方向
这用命走过的路
深刻漫长。在人间的低处
一群人遁入黑夜
点燃草芥之躯，尝试赞美

世间这样大

正如沙粒囚于掌中
暮色拖着群山涌动。正如
这静静的夜晚
只是拉起了一个角
便用尽我一生气力
世间这样大
又一个明天，奔赴而来
今夜落的雪
无处安放。我一个人
枯坐在越来越重的晚风中
屋檐下的马灯，摇摇欲坠
远方矮去的人
和每一片落叶的命运相同

渺小之物

一群蚂蚁从一个缝隙，沿着路边
爬向另一处缝隙
乌云在身后赶着，愈发急躁

它们是怎么知道，风雨又将到来呢
是否感到恐惧和无奈
我分明看到数不清的躯体
在雨中翻滚。凌空晃动的触角
和人群奔逃时，额前绷紧的手指

整个下午，我专注于
这些渺小又忙碌之事
身后的树木，站成永恒之姿

小确幸

日落以后，许多纸箱被废弃
被扔进垃圾桶内。背着蛇皮袋的老人
早早地候在不远处，像准时升起的月亮
在这个陌生的城市，收集着
憧憬和沉沉的记忆

我常常经过，那种翻看一本新书的轻柔
我怕惊扰到来自儿时的萤火虫
瓶中一粒粒的小确幸
这个夜晚，那么多草木等待露水
晚风吹落一颗又一颗星星
最后一盏路灯，在窗前布施善心

抵达黎明之前，我还在整理昨夜的
旧梦。风自路边吹来，垂挂枝头的花苞
正打开积蓄已久的慈悲

明天

可以和自己来场约会
在郊外，农田，旷野，或森林
晨风提一朵花走来
淡蓝色的笔墨，层层晕开

阳光绚烂，如彩色琴弦
如此时相拥
蚂蚁在草尖摇摆，给天空做注脚
鸟群的转折，也充满慵懒

我不挂念，它们欲往何处
黑夜降临前
又是否安然归来
我对自己的期待很低，很低

在这个如往常一样的日子
推开蒙尘已久的窗
风从我的身体穿过，兜住
踉踉跄跄的尘世

万物都有安顿之所

怎么知道一株浮萍
信任流水多一点，还是岸多一点
彩虹很美，归于何处

脚步落入晚雪，雪轻盖住月色
星星闪在高处，有人踟蹰夜下

眼前都是过客
——投我以微笑，就很好
不识阳光模样
——它抱着我，很暖，就足够

浮世苍茫，秋风荡平一切痕迹
人间温慰，万物都有安顿之所

悬崖或明灯

如果能满足石头一个愿望
它会不会生出脚，跑起来
跑起来后，还能永恒吗

整个冬天，我躬身山前
双手合十，世事皆远

每一刻都在变化
鸟鸣浓淡，溪水潺潺
一切何曾改变
如期而至的夜晚，清冽
和孤单

——我的体内常燃一盏明灯
我在起伏不止的悬崖
我在不知所措的人间

檐下

雏燕已飞走好几拨。他还是
那一身褪了色的衣衫
新年，总应该是美好的
他浑浊的眼睛，望着谁
都是亲人。用旧了的身体
挪动起来一抽一抽，像大街上
小孩子玩的提线木偶
有一次，我们握着手
久违的泪水在眼眶里，抖动
我听不清他说什么。他的背影
薄如一张褪了色的旧年画
墙头枯黄的干草，在暮色中
近乎折断。仿佛
一具具人间的替身，守在檐下
一声不吭

听风

傍晚越来越低
夕阳被赶往山下，从一棵树的树冠
开始退，一点点
到枝干，叶脉
和凋零的果实
我和你坐在树下的石凳上
借流年一隅
不谈明日，不怀过往
只听风

星辰在悄悄地行走

我坐在坡上，看银河横亘在苍穹
它由无数闪烁的星辰构成
好像草丛中隐约的我

流星划过，燃起小草的记忆
在秋日的林间，雪后的旷野上
这寻寻觅觅的刺猬背上
星辰在悄悄行走

小草舒展身子，驮着月光
起起落落。在一程又一程的奔走中
无数的梦中，躲在母亲头发里的时光
让老屋驼了背，锁染满锈

我舔舐着叶上甘甜的雨露
好像看到从前的自己
与现在的自己
跨越时空的邂逅

一盏旧日的马灯

光阴一再退守，从家乡退到故土
退到长满茅草的屋檐，檐下马灯晃动
摁住风声。仿佛有位老人
正在翘首远望。天黑已经很久了
今夜的星星比昨日又多了一颗
它们多像一群游荡的野孩子
浮沉于忘川
许多年了，迟迟未归的
何止一个旧人
风摇来摇去，拉长了孤独的缰绳
蛐蛐儿在空荡处轻轻地鸣叫
我径自走进夜色，踉跄着
一只萤火虫似的，在时光深处闪着微光

静夜思

不知从何时起，会在深夜中醒来
或者只是躺着。梦是许久之前的事了
走到客厅的窗前，脚步轻得像落尘
手机里一串串的名字也是
远处，闪烁的航空障碍灯，不知疲倦地
勾勒城市的线条，它们和黑暗中
所有不眠的亮光，缠绕，打结
一遍遍地构思着人间烟火
一切是那样自然
而毋庸置疑。就像此时的我
拖着疲惫的肉身，在高悬的虚空处
默默重置多年前，写给自己的寄语

那么多星星

走着，走着，风就大了
一点一点从身体抽出盐

突然好想找棵树靠一下
等倦鸟归巢

把褶皱的中年
抻平，放好

我是多么容易疲惫呀
那么多缄默的星星

像一个一个名字
夜空能记得住吗

为什么，我每一次抬头
心就疼一下

我只看到所见之物

傍晚的阳光，一粒粒
像孩子眼中明亮的灯盏，穿过楼间
轻风摇动着枫树，枫叶有些红扑扑的
甩动的小手也是
几个拎着书包和水壶的老人
跟在后边呼唤，脚步声融进金黄的时节
这是秋天追赶果实的时候
空气袒露出柔软的心肠
云雀在枝头跳来跳去，撒下鲜嫩的鸣音
如此平常的下午
没有盛大的事情发生
四下只有尘世的关照，时间亦如溪流
这一刻，我只看到所见之物
我追随它们，并成为其中一个

画一株昙花

我看到一幅画
月光和雨露被框住，闪闪发亮
画中的你，总会找到一个恰如其分的角度
不必迁就身后的阴影有多长

比起被阳光极力摁下的慌乱
更喜欢一株独自盛放的昙花
花里有静静流动的河流、永恒的农田
以及明晃晃的白

当然，画一株昙花
需要熬过清晨至日暮
还要穿过层层叠叠的指点
夜晚也终将隐去

我还是敬佩
在暗夜里默默绽放的姿态
一根根倔强的花蕊
犹如从容深处的白发

那份随遇而安的欢喜

由灵魂深处拔出来的骄傲

阳光永远无缘见到——

你以最卑微的梦，致长夜的呜咽

六月的杨花

熏风吹醉了大地
东倒西歪的蝉声里
倾泻着闷热。我拉起
一枚迷途的杨花,奔向枝头

期待树叶颤动,河水起波纹
期待把夏天一口吃掉的雷
雷声过后,一浪接一浪的苔藓
和上面涨满的圆鼓鼓的诘问

我也会成为一棵树
在风暴的中心,挥着手
在黄昏岬角骤然闪现
那些自由的味道里

我多少可以有点期盼——
浓烈到失真的颜色,重新调配
六月的乌云,把滚烫的空间更新
那些纷飞的杨花,不再失序

一尾洄游的鱼

沉在无尽的浪中，不怯逆流
也无须何种意义
纵使耗尽全力，跌落深渊
死寂的水面，被划过的弧线惊醒

潺潺的溪流在召唤，从晨露到傍晚
傍晚的天上，盈满紫红色的云
云里候着暖暖的红灯笼
绚烂磅礴，如满腔熟稔的方言

我终于融进土壤，蚯蚓的腥味
在指尖还未完全消退
弯弯的秧架下，缀着壮实的瓜果
晚风吹过，一个碰着另一个

含着某种神秘的自然教义
这穿过层层乌烟的满天星光
像一座座灯塔，闪亮在海的上空
我不再是时光中的迷途者

此刻，任何成熟的思想都显幼稚
静寂的安详揽我入怀
一同揽住痛苦、疲惫、虚妄
那些关于生与死的诗句

七月

这个季节惯以热情自居
狂风拉扯着暴雨，伙同流火
以俯冲的姿态

一棵早熟的麦草
在此起彼伏的推搡中残喘
身后残余的时光一再溃烂

我整理好盛夏留下的遗物
向田鼠和雉鸡询问
冬雪的归期

一粒饱满的种子
錾进土地
像一块坚硬的墓碑——
它在来年的春天，为我正名

漂流瓶

摁住所有的畏惧，在浪涛里翻滚
藤壶覆满周身
这海风推开的波纹
铺展开一个人的生命之轻
与负重。也许
在某个夜色澄清的晚上
它会搁浅在岸边
会邂逅一个疲惫不堪的身影
他颤巍巍地剥掉一层又一层的虚无
翻检尘封已久的点点星辉——
一个游荡已久的人
在世间的浮沉有多少，遗憾
就会有几分

重合

出门走走。心跳声从树叶间发出
重叠在晚风中循走的回声里

我轻声询问：暮色，残垣，掌中生锈的锁
跛足的流浪狗，是否
还记得故乡的模样

弯成钩的影子，正结实地嵌在墙上
墙头的花朵，在本不应凋零的季节凌乱

你我并不相识，却总觉熟悉
你每天呼吸着暗夜中的寂寥
我也在无边的月色，长久静坐

在孤独与孤独的重合里，小小的蜘蛛
撒下一张岁月那难以攥住的网
包括许多人，许多事

今夜，从远方归来

南归雁，像流动的云
鸣音有细小的裂痕。恰如
碰到这棵老树时，我才看清风的样子
可那也仅仅是树勾勒的

今夜，从远方归来
何必要执取最鲜亮的一枝
世间的开合，如此短暂
你眼角虚掩的欲望，在酒后
膨胀成一场灾难

这个夜晚，除了聒噪的蝉声
还有路边不语的小草，满天的星
我擎起凝露一滴，喝得酩酊大醉
在生活的旋涡里：它们有何不同

白露

从秋风中剔除愁郁

让风回归轻盈，向白云端

而后便是晴空万里

焦灼，无端的倦怠

俱交还昨天

而后，是冬日

在草木萧疏处，悬挂

这须臾一生

跑在风里

耳中生出旋涡。一遍一遍

固执地，写着寄世的妄语

好像如此，就不至

无所适从

锄头

杂草占领农田很多个春秋了
锄头长满了锈迹
被同样废弃的蛛网捆绑在墙垣上
成为光阴的祭物

这曾经因为耕垦
而光亮无比的农具。或者说
依着它而不致荒芜的日子
和世代刨土寻根的农人，正在

时代的风潮里
一点一点肉眼可见地消退

黄昏

除了天边的晚霞
还有一些近在眼前的事物
可以表达黄昏：炊烟柔韧
托举着缓缓下沉的夕阳
旧棉被晾晒了整天，胀满暖意

初夏的午后，我陷于
与大地最为接近的时刻
檐下燕子嬉闹，牵牛花收起倦容
在时间的幻术里，万物
对阳光和风雨践约

我已离乡多年，日感疏远
想起鲁东南的村庄，泥土一样的笑容
想起暮色铺陈到脚边，和落日
一起归巢的，这个小小人间
——疼痛与悲伤，就减轻许多

原野

晨风如丝绸。颤动的黎明
从草尖滑落
在原野上静坐
像被土地收留的一座雕像
放逐的鸣鸟，憩于肩头
不必感激，阳光
肆意地倾洒。也不因
生命的耗损，而心生痛苦
这里没有折叠的呼吸
树叶在小幅度摇摆
云朵的流转自由随意
远处的人间，也变得透明澄澈

水流

层层叠叠的云，在天空攒动
卷起的瀑布，赋予风以形状
世界被裹进一朵晶莹剔透的浪花之中
水鸟在其中翻滚，与我无异
从喧闹流向凋敝
夕光下，鸣虫细微的梦呓
是时光深处涌动的幻境
在时间的布局里，我供奉出
内心，坚实的执念
像一条搁浅在岸边的鱼
被水流，定格在永恒

秋风辞

秋风渐浓。树叶
从叶柄处枯黄
草间微颤的蛩鸣
被寒霜遮翳

我的热望和痛苦一样丰富
足够在阴沉的季节
埋下词语

正如，这披着秋风的田野
田野里慢慢下坠的
黄昏——

一群被命运反复咀嚼的背影
与风逆行

午后

阳光有酒醉的质感
绿萝半搭在鱼缸一角
荫翳处，小鱼不知寂寞
云朵在远处的山间，悬挂
如新剪的窗花

我想这个小小的人间
已足够盈满

如果还可以再点缀一些事物
那就给手中，苍白已久的
文字，嵌上翅膀吧
看它自由无羁
看它飞过群山

午后，我不忍擦拭
这时光低处
落满的星辰——
每一颗都携有迷途者的体温与心跳

那么多

那么多华屋广厦，那么多
从未亮起灯光的空房子
那么多飞一般
冲向下一个驿站的高铁
城市越来越大，那么多陷入时间迷宫
不能自拔的人
在远乡，自我和明天的多重丢失里
长满苍苔。那么多的泡影
后浪覆灭前浪，时代在翻滚
颤动。在轰鸣的海边跋涉
我穿一双纸做的鞋
暮色如佛光，将我收容

夏虫

某一刻，光阴会突然冷下来
正如你曾用它疗愈一生的痛疾
世间最令人绝望的毒药
也不过如此

谁还不是一只夏虫呢
要那么大的天空做什么

在大城市流散够了，就回乡下
不用开车，骑车或走路
就好。饿了吧
樱桃，苦瓜，梨子，萝卜
……母亲种着四季

在这里，井底之蛙没有别的解析
只有跳来跳去的快乐
偶尔的，烦忧

是啊，也不必忌讳谈论死亡

它总会到来

那样直接，锣鼓喧天

就在倾圮的墙垣旁

有磨亮的石凳，故人的旧模样

寒露

秋虫啾啾，是季节预设的驿站
是来路，也是去处

它一定不知道
有人踽踽独行，摸至时间的深渊

正如它此时，悬在夜深处
翅上落满白霜

青苔

凑近了瞧
这一小撮由鳞状叶片包裹起来的
低矮之身，多像岁月
遗忘在尘间褶皱里的词语
没有任何华丽的修辞
只用浅浅的假根，贴在阴潮低处
自己拉扯着自己
蜷缩成一座荒凉的孤岛

像这样一团卑微的低等植物，我深知
藏在它们体内的隐喻
会在一场雨后
浓得让人无法把握